EINSTEIN'S MONSTERS

Martin Amis

爱因斯坦的怪兽

〔英〕马丁·艾米斯 著　肖一之 译

人民文学出版社

著作权合同登记号　图字 01-2022-1210

Martin Amis
EINSTEIN'S MONSTERS

EINSTEIN'S MONSTERS
Copyright © Martin Amis, 1987
Simplified Chinese edition copyright © 2022
by Shanghai 99 Readers' Culture Co., Ltd.,
All rights reserved.

图书在版编目(CIP)数据

爱因斯坦的怪兽/(英)马丁·艾米斯著;肖一之
译.—北京:人民文学出版社,2022(2025.1 重印)
(短经典精选)
ISBN 978-7-02-017352-5

Ⅰ.①爱… Ⅱ.①马… ②肖… Ⅲ.①短篇小说-小
说集-英国-现代　Ⅳ.①I561.45

中国版本图书馆 CIP 数据核字(2022)第 136682 号

总　策　划	黄育海
责任编辑	朱卫净　骆玉龙

出版发行	人民文学出版社
社　　址	北京市朝内大街 166 号
邮政编码	100705

印　　刷	凸版艺彩(东莞)印刷有限公司
经　　销	全国新华书店等

开　　本	890 毫米×1240 毫米　1/32
印　　张	5.375
字　　数	100 千字
版　　次	2022 年 9 月北京第 1 版
印　　次	2025 年 1 月第 3 次印刷

书　　号	978-7-02-017352-5
定　　价	59.00 元

如有印装质量问题,请与本社图书销售中心调换。电话:010-65233595

SHORT CLASSICS
短经典精选

献给路易斯和雅各布

作者序

导言《可想象性》一文是篇与人论战的文章，不过在写作后面的短篇小说时我心里只怀着通常的目的；也就是说，什么目的都没有——除了，我猜，给人愉悦感，各种各样复杂的愉悦感。我在过去的十六年里只写出了四个短篇小说；而这五篇是在过去的两年里一气写成的——然后我就写不出来了。如果小说也能引发政治态度的变化，那么这没什么不好的。在这场辩论里，在这次赌博里，我不想把我的筹码全部押上，不论它们有多薄，颜色有多奇怪，面值有多低。"爱因斯坦的怪兽"，顺便说一句，指的是核武器，但也指的是我们。我们就是爱因斯坦的怪兽，不是完全的人类，至少现在不是。

我要不要借此机会来偿还——或承认——一些债务呢？《布亚克与巨力》多少受了索尔·贝娄的启发；《火焰湖的洞察力》受了皮尔斯和艾米莉·里德夫妇还有杰克和弗洛伦斯·菲利普夫妇的启发；《时间症》受了 J.G. 巴拉德的启发；《可能的小狗》受了卡夫卡和纳博科夫的启发；《永生之人》受博尔

赫斯和写出了《格里茅斯》的萨曼·鲁西迪的启发。在整本书的写作中我都非常感谢乔纳森·谢尔，感谢他的观点和意象。我不知道为什么在核问题上他是我们最好的作家。他也许不是文笔最好的，也不是知识最渊博的，可他是最得体的，而且，我认为，也是最能切中要害的。他有道德上的精准；他从不出错。

马丁·艾米斯

伦敦，1987

目录

导言：可想象性
001

布亚克与巨力，或上帝的骰子
034

火焰湖的洞察力
064

时间症
087

可能的小狗
107

永生之人
146

导言：可想象性

我出生在 1949 年 8 月 25 日。四天之后，苏联人成功试爆了他们第一颗原子弹，**核威慑**也就此诞生了。就是说我只有那么四天无忧无虑的日子，这已经远胜过那些比我更年轻的人了。我也没能真的充分利用这几天。我一半的时间都在一个透明罩子下面。即使事情还没有到最糟，我出生时也是一副急性休克的样子。我母亲说我看起来像狂怒的奥逊·威尔斯[1]。到第四天我恢复了正常，可世界却变得更糟了。它成了一个有核的世界。说真的，我那个时候就觉得浑身不舒服。我困得不行还烧得厉害。我一直在吐，还伴随着时不时无法控制的哭泣……等到我十一或十二岁的时候，电视上开始有英国南部的核打击目标地图了：靶环是伦敦周围的各郡，靶心就是伦敦。过去我一看到这个画面就会赶紧离开房间。我不知道为什么核武器出现在我的生命里，或者是谁把它们放进来的。我不知道要拿它们怎么办。我不愿意去想它们。它们让我觉得恶心。

---

1 美国著名导演、演员，曾主演《公民凯恩》。

现在，1987年，三十八年之后，我依旧不知道该拿核武器怎么办。而且其他人也都不知道。如果有知道怎么办的人，那我一定还没读到他写的东西。最极端的两大选择是核战争和核裁军。核战争是很难想象的；但核裁军也同样难以想象（核战争自然更触手可及）。我们就是无法**预见**核裁军，对不对？某些最终废核的蓝图——我想的是，比如说安东尼·肯尼[1]的"理论威慑"和乔纳森·谢尔[2]的"无武器威慑"——都难以置信地优雅又诱人；可这些作者在设想的是一个不可能的政治世界，一个像他们个人的深思一样精妙、一样成熟，而且（最重要的是）一样协调一致的政治世界。核战争就在7分钟之后，可能一个下午就能完结。核裁军又有多远呢？我们在等待。那些核武器也同样在等待。

什么是唯一能够导致动用核武器的挑衅？核武器。什么是核武器的优先打击目标？核武器。什么是唯一能抵御核武器的方法？核武器。我们要如何阻止动用核武器？威胁动用核武器。而我们无法销毁核武器的原因，还是因为核武器。这种顽固似乎也是核武器本身的功效之一。核武器可以用十几种不同

---

[1] 安东尼·约翰·帕特里克·肯尼爵士（1931— ），英国哲学家，牛津大学教授，他在1985年出版的《威慑的逻辑》一书中讨论了核威慑问题。如无说明，本书注释均为译注。

[2] 乔纳森·爱德华·谢尔（1943—2014），美国作家、记者和社会活动家。他在1982年出版的《地球的命运》一书让美国公众意识到了核军备竞赛的威胁。

的方式把一个人杀死十几次；而且，在死亡之前——就像某些蜘蛛，就像汽车的大灯一样——它们似乎还能让人瘫痪。

其实它们确实是非同一般的人造物。它们的威力来自一个方程式：当1磅铀-235裂变之后，它的1 132 000 000 000 000 000 000个原子所"释放的质量"再乘以光速的平方——也就是说，它的爆炸力要再乘上186 000英里[1]每秒再乘以186 000英里每秒。核武器的大小，它们的威力，都没有理论上限。它们的愤怒惊天动地。它们明显是这个星球上发生过的最糟糕的事，而且它们还被大量制造出来，也并不昂贵。从某种角度来说，它们最不寻常的一个特征就是：它们是人造的。它们扭曲了所有生命，破坏了一切自由。不知为何，它们让我们没有任何选择。地球上没有一个人想要它们，可它们就在这里。

我受够它们了——我受够了核武器。其他所有人也一样。在我和这个奇怪的主题打交道的过程中，当我读得太多或者想得太久——我会感到恶心，生理上的恶心。从每一种可以想象的感官出发（然后，各种感官通感之后，还可以从更多的感官角度出发），核武器都会让你恶心。这是何等的毒性，何等的威力，何等的打击范围。它们在远处而我在这里——它们是没有生命的，我是活着的——然而它们就是能让我想吐，它们就是会让我胃里恶心，它们让我觉得仿佛我的一个孩子出门很久

1　1英里约合1.6公里。

了,太久了,而且天色正在变暗。这可能也是种不错的练习。因为我会做很多那种事情,因为我会呕吐很多次,如果那些武器落下来而我还活着的话。

每天早上,每周六天,我离家开车一英里去我写作的公寓。大概有七八个小时我一个人独处。每次我听到空气中传来突然的尖叫或者城市生活中某种别的残忍的干扰时,或者某些不受欢迎的念头入侵我的大脑的时候,我就会无法抑制地想象事情会是什么样子。假如我幸存了。假如我的眼睛没有顺着我的脸往下流,假如我也躲过了风暴般飞射的——所有的水泥、金属和玻璃瞬间变成的——碎片造成的二次伤害:假如这一切都发生了。我将不得不(这会是我最不愿意做的事情)沿着那长长的一英里返回去,穿过火焰风暴,穿过一千英里每小时的飓风留下的残骸,穿过变形的原子,穿过趴在地上的死者。然后——上帝保佑,如果我还有力气,而且,当然,如果他们还活着——我必须找到我的妻子和孩子,我必须杀了他们。

我要拿这样的想法怎么办?谁又能拿这样的想法怎么办?

虽然我们还不知道拿核武器怎么办,也不知道要怎么和核武器共存,但我们在慢慢学习如何动笔描述它们。修辞的得体[1]

---

[1] 此处艾米斯使用的是古典修辞学上的得体(decorum)概念,指语言和其所描述的主题必须相称,例如重大的事件必须使用庄重的语言。

此时就表现出了别处没有的重要性。核武器是最崇高的主题，也是最低俗的主题。它是羞耻的，可也是光荣的。你看到的每一个地方都有巨大的反讽：悲剧的反讽，可悲的反讽，甚至还有黑色幽默或者闹剧的反讽；还有一种反讽简直就是暴力，前所未有的暴力。广岛上空的蘑菇云是美丽的景象，可它的颜色来自一千吨的人血……

在话语场里有好几种写作核武器话题的糟糕方式。有些人，你最后只能得出如此结论：他就是不明白。他们就是没法明白。他们就是那些在公交车站瞎吹牛的人出了书而已。这种人号称核战争不会"那么糟糕"，尤其是如果他们能躲进他们阿姨在多赛特的乡间农舍（或者他们现在就在阿姨的农舍里了）。他们看不到核武器把一切都"着重加粗"了的样子。不能明白核武器的这一点就好像不能明白人类生活的意义一样。事实上，这就是我们困境的缘由。

从某种意义上说，关于核"选项"的一切军事-工业，在写作的瞬间就会被其所描述的武器的自然属性变得不自然，就仿佛语言本身在拒斥与这样的思维合作（在此意义上语言比现实严苛多了，现实早已坚定地接受了核时代的虚假真实）。在核"冲突管理"这个勇敢积极的世界里，我们能听到人说"先行报复"；在这个世界里，小几千万人的死亡被认为"可以接受"；在这个世界里，敌对的、挑衅的、破坏平衡的核武器对准的是核武器（"反战略力量"），而和平的、防守的、更注重安全的核武器（它们就在那里消沉，可爱地噘着嘴）对准的是城市（"反社会财富"）。在这个世界里，反对现在这种现实的人被称作"偏执狂"。"欺骗性部署模式""密集阵列组""基线末端防御""核足球"（也就是核按钮），还有诸如BAMBI、SAINTS、PALS和AWDREY[1]（核武器侦测、辨别和当量估算装置）这样的缩写，"绝地武士构思"（接近光速的离子束武器），甚至"星球大战"[2]本身：这些说法把你带到了运动场上——或者把你带回了育婴室。

其实在核武器政策的整个历史上幼稚化就从来没有消退过。第一颗核弹"三位一体"（绰号"设备"）是被吊装到一个被称为"摇篮"的装置上就位的；在倒数期间，洛斯阿拉莫斯国家实验室的广播站播放的是一首摇篮曲，柴可夫斯基的《弦乐小夜曲》；科学家们在猜测"设备"将会是个"女孩"（也就是哑弹）还是个"男孩"（也就是一个可能毁掉整个新墨西哥的装置）。落在广岛的核弹被称为"小男孩"。"是个男孩！"氢弹之"父"爱德华·泰勒如此喊道，那是1952年，"麦克"（"我的孩

---

[1] 这一组首字母缩写恰好还有别的意思。BAMBI是弹道导弹增强拦截（Ballistic Missile Boost Intercept）的缩写，与此同时，Bambi也是著名儿童电影《小鹿斑比》主人公的名字。SAINT是卫星拦截器（Satellite Interceptor）的缩写，同时也有"圣徒"的意思。PAL是类似核武器保险的许可操作连接器（Permissive Action Link），同时也有"伙伴"的意思。

[2] 即后文的战略防御计划，指美国总统里根1983年提出的美国国家战略导弹防御计划。

子")在比基尼环礁上空起爆……这太讽刺了,因为**他们**才是小男孩;**我们**才是小男孩。在那之后讽刺愈发加深了。摆出灭绝人类的架势,这个终极反人类武器本质上是个反婴儿武器。这里我说的不是那些会死于爆炸的婴儿,而是那些永远不会出生的婴儿,那些在灵魂接力赛里排队一直等到时间尽头的婴儿。

我开始涉足核武器是在1984年的夏天。哦,我说我"开始"涉足,但其实我一直都是一个利益相关方。人人都是核武器的利益相关方,即使那些号称或者真的相信他们从来没有花过一瞬间来思考这个问题的人也是。我们都是利益相关方。有可能永远都不去想核武器吗?如果你不花心思去思考核武器的问题,如果你不花心思去考虑人类历史上最重要的发展,那你的心思都花到哪儿去了?如果你不去想这个问题、这个过程、这种渗透,它或许是潜意识的、生理的、源自腺体的。嘴里塞着一把上膛的枪的人或许可以吹嘘他从来没有去想过那把上好膛的枪,但他能尝到枪的味道,一直都可以。

我对核武器的兴趣是一次巧合的结果。其中的两大因素是我眼看要当父亲了和我拖了很久之后终于读了乔纳森·谢尔经典的、催人警醒的研究《地球的命运》。它让我醒了过来。在那之前,我似乎一直都是晕厥的。我从来没有真正思考过核武器的问题。我只是一再尝到它们的味道。现在我终于知道到底是什么让我觉得如此恶心了。

当道德水平从社会最顶层降到最低的时候会是什么情况呢？我们的领导人们掌握着完成不可想象的事情的方法。他们以我们的名义思考着不可想象的东西。我们非常卑微地希望能不被杀死安度一生；与之相比更有信心的是，我们也希望自己不用杀死任何人就可以安度一生。核武器把这样的选择从我们手中夺走了：我们可能会死去，而且死的时候腰上还围着屠夫的围裙。我相信现代状况的很多畸形和变态都源自——也肯定是为其所凌驾的——这一巨大的预设。我们的道德契约不可避免地被削弱了，而且还是以没有预料到的方式。说到底，又有什么无缘无故的冲动、什么庸常的暴行，或者愚蠢的野蛮，能够比得上核战争的黑色梦魇呢？

面对让一切生命变得廉价的死亡的超级通胀，回到物理学，来回顾核的尺度是非常有必要的。夷平广岛花费的质量大约是 1 盎司的 1/30——还不及 1 枚生丁[1]重。按照爱因斯坦的方程式，1 克质量就有相当于 12 500 吨 TNT 炸药爆炸的能量（再带上点它自己的特质）。乔纳森·谢尔是这么写的：

……通过使用 20 世纪的宇宙物理能生成的能量超越

---

[1] 生丁是法国旧币的一种，为 1 法郎的 1%，法国在改用欧元前发行的生丁硬币一枚约重 1.6 克。

了19世纪的地球或者行星物理能生成的能量，正如宇宙远超地球一样。然而正是在地球这相对微小、脆弱的生态圈里，人类却释放了新近到手的宇宙能量。

让我们暂时忽略，当代核武器库里10亿吨级的巨大存在，转而思考一下仅仅百万吨级可以做什么：它可以给美国每一个州的首府都带来广岛式的毁灭，还能剩下大约三十枚左右的核弹。仅仅苏联的核武器库就能杀死大约二百二十亿人——或者它本可以杀死这么多人，如果地球上有这么多人给它杀的话。但是地球上能杀的只有四十亿人。而我们却还在讨论导弹差距的动态原因[1]。没有什么**差距**。我们已经住在一个导弹林立的曼哈顿上了。或者说，已经没有地方了。我们客满了。

同时辩论还在继续。这是什么样的辩论呢？它的语气是怎样的呢？如果我们关注一下战略防御计划（SDI）[2]引发的争议，我们就会发现，比如说，这就是唐纳德·里根的语气："（战略防御计划）不是关乎恐惧的，它是关乎希望的，而在这场斗

---

[1] "导弹差距"是20世纪50年代末60年代初在美国流行的一种观点，持该观点的人认为美国在洲际弹道导弹数量和技术上都远落后于苏联，在肯尼迪1960年的竞选中，他多次提及这一观点并宣称要重整美国防务。事后证明这一观点是错误的，当时美国的核武器从技术和数量上都领先苏联。

[2] 即绰号"星球大战"的战略导弹防御计划，里根在1983年3月23日的一次电视讲话中提出这一计划，因该计划宣传将使用基于太空的武器系统防御苏联的核攻击而得名。

争中,请大家原谅我盗用一句电影台词,原力与我们同在。"不,我们不会原谅他盗用这句电影台词。原力也没有与我们同在。原力在反对我们。使用如此的言论,至少是(含义指向极度轻浮的言论)里根总统开启了"一次许诺改变人类历史进程的努力"。可同时,他也承认,这一计划也有"风险"。不幸的是,风险就是**终结**人类历史的进程。"上帝是不会原谅我们的,如果我们失败了。"勃列日涅夫在入侵阿富汗之前的峰会上是这样告诉卡特的。卡特很喜欢这个说法,他自己也使用了它,不过做了一个政治上的修改。"历史,"他说,"是不会原谅我们的,如果我们失败的话。"其实勃列日涅夫说得更对。一旦"失败"了,上帝还是有可能幸存的,历史却不可能了。

三本关于 SDI 的书——关于末日的三本快餐读物——最近降落到我的书桌上,两本反对,一本赞成。《如何让核武器过时》是罗伯特·贾斯特罗[1]写的,就是那个在航天飞机失事的第二天凭那句评论"它简直就可疑"跃上了各大报章的人。首先,贾斯特罗申明他是多么希望第三次世界大战是可以避免的,如果可能的话。这样的终局会让他有多么后悔和遗憾(他的语气就是那种我们熟悉的心不在焉的道德装裱,仿佛这一切都是让人不耐烦的礼貌和门面问题);接着他开始处理这本书

---

[1] 罗伯特·贾斯特罗(1925—2008),美国科学家和科普作者。下文的航天飞机失事指的是 1986 年的"挑战者号"航天飞机事故。

的正务了，激动地讲述"终极大战"的故事。在这出技术崇拜的太空歌剧中，我们可以瞥见总统在冷静地"命令"这个或"决定"那个，冷静地竖起他没有试验过的"和平护盾"，而此时可以屠灭整个半球的力量正在头顶的空中逼近。实际上，如果总统还没有被苏联大使馆的手提箱核弹蒸发的话，他陷入精神崩溃之中是非常可以理解的，和这场精神病奇幻剧的其他所有演员一样。对贾斯特罗来说，不可想象的东西是可以想象的。他错了，因此我得说，在这个方面他也不够有人性，就像所有主张打核战争的人一样，就像所有的"必胜派"一样。不可想象的就不是可以想象的，不是人类可以想象的，因为它设定的结局是一个一切人类参照系统都已经消失的未来。SDI将永远不能被测试，那些牵涉其中的人也一样。在这样的关头他们会如何反应谁都猜不出来。但他们将不再是人类。某种意义上，没人还能是人类。在防火道的那一侧并不存在这个身份。

所罗门·朱克曼[1]认为美国盟友们对SDI的支持，虽然是不够热烈而且一脸不好意思的，在读过贾斯特罗之后不可能还继续下去。或许同样的结论不能用在阿伦·查尔方特[2]身

---

1 所罗门·朱克曼男爵（1904—1993），英国动物学家和政府顾问，"二战"时担任空军轰炸作战的科学顾问，后投身核不扩散运动。

2 阿伦·查尔方特男爵（1919—2020），英国政治家。

他的《星球大战：自杀还是幸存?》操着实用主义的粗糙中音欢迎了 SDI。没错，这一计划会带来"很高的风险"；没错，这一计划"要求彻底重新理解核武器控制政策的基本信条"；没错，这一计划需要花费成兆亿的美金，但它是值得的。风险奇高，彻底的革命性，而且贵得难以置信，但它是值得的——因为导弹差距的存在。苏联人很快就要这么做了，或者已经开始这么做了，或者（他有时候似乎是在暗示）已经完成了。于是我们最好也这么做……有趣的是，让查尔方特男爵烦心的不是核武器的存在——他称这一事实已无法"抹去"[1]。让查尔方特男爵烦心的是它们的对手。现在，这倒是一种我们**可以**消除的东西。不管怎么说，每当和平这个话题——或者"和平"——被不耐烦地引入的时候，礼貌就从他的行文里隐退了。"和平产业马上就像预料中的一样开

---

[1] 赞成美国人最近对核命运越来越不加质疑的接受，玛格丽特·撒切尔也重复了这种观点，号称"核武器是不可能消失的"——一个"无法反驳的观点"，这是《泰晤士报》的说法（《泰晤士报》和《经济学人》《太阳报》一样，碰巧都是支持 SDI 的）。在乔纳森·谢尔的《废核》的帮助下，请容许我来终结这种观点。没错，核武器是不可能消失的（或者说更好是不被发现，因为它们利用的是一种永恒的自然力量）；但它们是可以拆除的。如果动用了核武器，动用它们的只能是一个疯子或者深陷危机中的人。后悔时间的任何大幅度延长都具有划时代的意义：它会创造一个新的世界。目前后悔时间就是从决定要按核按钮到真正按动核按钮之间的时间。里根总统本人似乎也觉得需要有更大的转圜余地，因为在执掌权力多年之后，他宣称相信导弹一旦发射，还是可以召回的。它们不能被召回。子弹不能被召回。它们不能不被发明。但是它们可以从枪膛里退出来。——原注

始抱怨了……一群误入歧途的理想主义者，再加上几个有用的傻瓜和苏联特工（有意识或无意识的）组成的联盟。"尽管他对战争"产业"这个说法感到厌烦，他却赋予了和平产业的身份。为什么？那些和平的工业城镇在哪里？这个产业上兆亿的预算花在哪里？在书里查尔方特讨论了美国的计划：

> 在欧洲部署强化辐射核弹头……马上就有反对"中子弹"的骚动——被那些头脑不好用的人说成是一个资本主义的武器，设计来杀伤人命却能保存财产。

查尔方特不满意"资本主义的武器"这个说法，我也同意。但是他对"强化辐射核弹头"有多满意？他对"强化"有多满意？

E.P. 汤普森[1]不幸也没能找到更妥帖可靠的劝说语气。他为自己领导的运动做出了巨大牺牲；他很聪明，他很有魅力，他很能启发人；但他不可靠。在《星球大战》里，和在其他地方一样，汤普森教授证明了自己是核文学高端文风最合适的推广者。他很风趣也很大气，写作的时候带着最好的那种有节制的

---

[1] 爱德华·帕尔默·汤姆森（1924—1993），英国著名历史学家和政治活动家，也是20世纪80年代欧洲反核运动的明星之一。

仇恨。比如说，他是如此彻底地击垮了 SDI 的公关攻势。从保密文件里：

> 可以挖掘出无数的机会来开展大量引人注意的"运动"型社会活动……天主教徒也会感兴趣……此类认可努力将使得白官在面对强大的国内反弹道导弹防御系统的批评者时显得非常有利……还处理了"欧洲战略"问题，当下这是大问题……还可以在伦理的堂皇大道上自由驰骋（到目前为止最好的动员方式）……

汤普森击垮了 SDI；他的分析几乎毫无漏洞。但他谁都打不垮——实际上他甚至可能动摇已经相信他的人——因为他玩世不恭的语气。

他的语气是松懈的、不耐烦的，常常不确定到让人绝望；他的语气是兴奋而危言耸听；他的语气以嘲讽愚蠢为乐。他的反美言论（"大美利坚天生就多么道德""地球总统""我要你们这些人高举双手走出来"）就和查尔方特男爵相反的偏见一样过时、一样令人厌倦、一样刻板。查尔方特不够格当人。汤普森只是人——太普通的人。汤姆森还会开玩笑。他实在是太喜欢这个玩笑了，甚至开了两次：

> 这个马上就要登上总统大位的人已经在警告了，这

个(容易遭到袭击的时间)窗口可能会如此洞开,甚至"苏联人打个电话就可能干掉我们了"。"你好!里根先生,则[1]是你吗?我是勃列日涅夫同志。高举你们的双手走出来,要不我就把则个杂弹扔进窗去!"

你整个人在这样的东西面前只想往后缩。你坐回去揉着自己的眼睛,想知道它造成了多大的伤害。因为在关于核问题的辩论中,和其他任何问题都不一样,这样的松懈引发的恶果是不可估量的。人类对核武器有一致的看法;人类的机构不是这样。我们的希望在于逐渐寻求共生。我们必须找到取得一致的语言。

我和我父亲[2]争论核武器问题。在这场辩论里,我们都在和我们的父亲争论。他们缔造或者维持了现状,但他们错得离谱。他们没能看透他们在处理的东西的本质是什么——那些武器的本质——于是现在他们就困在一个新的现实之中,困在了他们巨大的错误里。也许只有等他们都不在了才会有一点希望。某些极端的人相信我们应该开始杀死我们的某些父辈,在

---

[1] 原文为zat,作者在故意模仿苏联口音。

[2] 英国著名小说家金斯利·艾米斯(1922—1995),他的小说以冷酷的幽默和讽刺闻名。

他们杀死我们之前。这让我想起了核威慑失败的精妙三段论（这是谢尔总结的）："他以为我将要出于自卫杀死他。所以他就准备出于自卫杀死我。于是我出于自卫杀死了他。"没错，然后他又用报复核打击杀死了我，即便他已经身登鬼域。我们继承的现实是令人感到无比耻辱的。我们必须试着做得更好一点。

我父亲将核武器看作不可更改的既成事实。它们永远都是必要的，因为苏联人将会永远持有它们，而苏联人又永远都想要奴役西方。削减武器条约也是没用的，因为苏联人永远都会作弊。单边核裁军就等于投降。

没错，说到底，在我看来这才是以上想法真正所承诺的。核武器，我父亲提醒我，已经靠威慑力阻止战争长达四十年了。我提醒他说拿破仑1815年的失意之后长达一个世纪的和平并不是依靠一个全球屠宰场来维持的。而核威慑的问题就在于它无法坚持到所有时间的尽头，那大概就是从现在开始到太阳死亡为止。它已经开始分崩离析了，从内部开始。当我说美国和苏联一样是个威胁时，我父亲就把我划入不拿民主当回事、不拿自由当回事那类人中。可那些武器本身才是真正的威胁。非常讽刺的是，专制政权反倒更擅长处理这个问题，因为这个问题是凌驾于政治之上的。没有谁够得上当苏联人的对手——水平大幅下跌的领导人，深陷民主之中，深陷政治之中，在中期选举、跛脚鸭期[1]和美国公众生活非正式的全民公投之间打六个月的短工。而且还有钱的问题，钱。看起来，在写作这篇文章时，苏联没钱再继续，而美国则没钱使之停下来。索尔·贝娄曾经写过世上有某些邪恶——他举的例子是战争和金钱——有本事在被人认定是邪恶之物之后还能继续存在下去。它们兴高采烈地作为邪恶，作为已知的邪恶，继续存在。这是否又是核武器的一项成就，它们在一个不可救药的衰亡过程中集合了这种可延续的邪恶？所以最后世界终结的方式就和《卖赎罪券的人讲的故事》[2]结尾一样，人类参与者都消失了，留下的只有（虽然没人能找到它们）用过的武器和没花出去的钱，武器和钱。

任何读过我父亲作品的人都多少知道点和他争执会是什么感觉。当我告诉他我在写关于核武器的东西时，他声音抑扬顿挫地说："啊，我猜你是……'反对它们'的，对吧？""让正经人尴尬"就是他的行事准则。（有一次，在我一位朋友告诉他某种濒危的鲸鱼正在被大规模制成肥皂之后，他回答说："听起来是种**用完**这种鲸鱼的好办法。"其实他喜欢鲸鱼，我

---

1 在选举政治中，当某人的任期即将结束，并已经选出了继承人之后，此人剩余的任期一般会被称为跛脚鸭期，此时此人的政治影响会大为缩减，故而被比作跛脚鸭。

2 出自乔叟的《坎特伯雷故事》，这个故事讲的是三个人远行想要消灭死亡，结果却在一棵橡树下发现一堆金币，其中两人商定一起杀死第三个人并平分金币，却在杀人之后饮下了第三个人提前准备的毒酒，最后三个人都死掉了。

想，不过那不是重点。）在核武器这个问题上我对我父亲一定比在别的任何问题上都更粗鲁，自从我青春期之后我就没有那么粗鲁地对待过他了。我常常最后会说诸如："好吧，我们只能等到你们这些老**混蛋**一个一个地死去之后了。"他常常最后会说诸如："想想看。只要关闭艺术委员会我们就可以大规模扩充我们的核武器库。那些给诗人的奖金可以维护一艘核潜艇一整年。花在一场《玫瑰骑士》演出上的钱就能让我们再买一颗中子弹弹头。如果我们把伦敦的医院统统关掉，我们就可以……"某种意义上这种讽刺是很准确的，因为我只是在不停地谈论核武器；我不知道该拿它们怎么办。

我们放弃了这个话题。我们的争论会友好地结束。我们最后转而欣赏起我那还是婴儿的儿子。也许他将会知道该拿核武器怎么办。我也必须去死。也许他会知道该拿它们怎么办。那必须是非常极端的，因为再没有比核武器以及它能做到的事情更加极端的东西了。

在这场辩论里的另外一个嘲讽的声音就是民防的声音了。和汤姆森教授的笑话不一样，这些笑话**是真的**好笑。应对核攻击的民事防护——**这个概念本身就是个笑话**。关于它只有三个字好说，那就是"算了吧"。尽管如此，关于这个主题的书还在不停地出版。我猜总得有人写这样的书，可这类书都因为一种冷血的反高潮显得无比荒谬。这种书就仿佛是在努力向王室成员介绍生活在鲜血都结成了块的预制板公租房里或者中世纪野战医院里有什么值得欣慰的地方（再说了，在核战争的背景之下，每家人可以说都是王室）。在核时代的医院里，还有另一个无法回避的讽刺之处是，急救检伤分类[1]是倒过来的：只有相对比较健康的才会得到治疗。核引发的世界完全颠倒就是当人意识到自杀性的悲观才是面对核战争的正确态度。打消有关核战争的幻想。驱散任何有关幸存的希望。想都别想。随时准备好举手投降。就我自己和我爱的人来说，我想要的是热辐射，它会以光速传播。我可不想被迫拖到听到那声巨响，那是用声速慢吞吞爬过来的。只有一种手段能抵御核攻击，就是先服下一片氰化物。

最近我发现了一本美国人写的这类书，《核攻击下的民事防御：家庭防护指南》，作者是 T. 卡洛格劳里斯上尉。这本书绝对是个宝。书里也满是无知之论和印刷错误（"冲击波的简明图示请见卞页[2]"）。不过我猜这些我们都可以忍受。在核攻击后，我猜我们可以忍受几个印刷错误。这本书开篇是一堆理由——写出这一堆血腥味儿废话的理由。"……的目标是统治世界……他们可以凭他们吹嘘出来的力量进行核讹诈。而且他

---

[1] 这是在突发事故或者战争条件下医疗资源不足时根据病人受伤情况决定处理优先级的一套程序，一般危重病人会优先获得治理。

[2] 应为 next page（下页），错印成 neat page。

们也准备好了使用核武器，如果他们需要并且可以承担这个风险。"我们的敌人并非血肉之躯而是皮革和冰块构成的；对他们来说，核浩劫就像家常便饭。在下一页，卡洛格劳里斯上尉列出了"保护人口的战略优势"。一共有7条。第4条说"保护人民是所有的军事防御的意义所在；如果全部人口都消失了，后者将没有任何意义。"如果全部人口都消失了，前者又有什么意义呢？下面是第5条：

> 我们的主流军事权威都同意一点，即在核攻击来临时限制已方伤亡人数的能力绝对是一种军事优势。这将意味着敌方必须将更大的军事和经济力量投入战争。因此这会让他花费更多的时间投入核建设。

换句话说，敌方将不得不花费额外的精力好让杀伤人数变成**无限**。我也很好奇在核攻击来临时，我们的主流军事权威还能有多大的力量和权威。第7条的结论是保护人口"创造了忍受核战争的能力"。也就是说，出于战略上的原因，人人都应该坚持下去。

显而易见的是在核战争之后，民事和军事机构的责任会发生变化，甚至倒置。政府机构将不再保护人民免受敌方袭击，他们需要保护自己免受人民的袭击。核武器——诡异的装置——的效果之一就是使法西斯主义瞬间崛起。1980年英国政府和北约一起进行了"背后内野"[1]行动，用以评估核攻击后的现实情况。除开其他许多神秘的假定条件（提前七天警告，伦敦中心没有核爆），这个行动还想象全国人会用最后一周储存食物同时把花园改建成掩体——换句话说，挖好自己的坟墓。因为当你随着"解除警报，全部安全"的信号（什么全部安全了？）跌跌撞撞地从掩体里出来时，唯一值得做的事情就是又跌跌撞撞地躲回掩体里。一切美好的东西都消失了。你会成为一座名为死亡之城的新城市的公民。核民事防御就是个伪命题，一出狡诈的虚构。它提高了可战性。它提高了可想象性。

不过，尽管其中充满了黑色闹剧，关于民防的书里也有股哀伤的暗流。并不是每个人（从定义上说）都像死亡之城的上尉毫无人性得那么彻底、那么典型。例如，写得非常精彩的《核爆后的伦敦》一书，开篇还是一本"关于"核防护的书，到结尾的时候就厌恶地摒弃了核防护。甚至在半官方的出版物里，比如在《核攻击：民事防护》（由皇家三军防务研究所委托撰写并编辑）里，你都能得到这样的印象：这种感觉就像一队经验丰富的急救员，他们已经充分准备好了面对感官的恶性刺激，结果还是发现自己在事故现场头重脚轻，无法抑制地恶心。语言不能和如此的现实共存。"重要的是要提供大量的止

---

[1] 板球术语，击球手背后的球场扇形区域。

痛剂……镇定剂将非常重要……核战争中的心理问题……核战争中的健康问题……""**问题**"真的是我们所知的那个词吗？那么，到时候还会有灭绝问题呢，就在——带好阿司匹林，4英寸[1]乘4英寸的消毒棉片，小剪刀（钝头的），还有将来可能会有用的安全别针——我们藏起来躲避核冬天的时候。

核冬天是核问题方面自1945年以来的最好消息。它是最好的消息因为它是最坏的消息（也因为核现实永远都是上下颠倒或者回文一样）。简单来说，如果动用了这个世界的核武器库中的大部分，那这个星球可能就无法维持生命了。因此即便是成功的第一次核打击也有可能给攻击者带来要命的后果。人们花了四十年才明白了一件很简单的事：是火就要冒烟。我们还要花多久才明白核武器不是武器，它们是割开的手腕、灌满毒气的房间和遍布全球的陷阱？我们还有什么必要进一步了解它们？有的人——世界上还真的是什么样的人都有——还在质疑核冬天；人类灭绝是件他们觉得可以取笑的事。的确这个问题还没有被彻底证明：正如核引发的其他问题一样，它全身颤动的都是不确定性（例如，臭氧的生成和破坏的化学过程还只是部分为人所知）。但悲观的态度在我看来才是理所应当的态度。每当涉及核武器，何曾有过隐藏的益处，又何曾有过快乐的惊喜呢？不论如何，伦理上的逻辑是毫无漏洞的。当风险无

---

[1] 约合10.16厘米。

限大时——正如谢尔在《地球的命运》里说的——科学上可能发生的就可以被视作道德上的必然,"因为一旦我们输了,整场游戏就终结了,而不论是我们还是别的任何人都将永远不会有再来一次的机会了"。或者,如他在后来的《废核》一书中所言:

> 此时,人类,永远都是如此,还在投身于各自时空里的野心和纷争,同时人类却也有能力终结所有时空里的人类历史。永恒已经被置于暂时王国的控制下,无限已经被送达有限的人类的手中。

而从想象意义上,我想,这的确说得通,那就是物质和量子迷人的神秘编码本身就包含一种终结(原子本身也不过是一系列关系罢了)。从数学上说宇宙就是个偶然事件。地球,这颗蓝色的星球,也是偶然,有机生命也是偶然。虽然每一次提醒都是值得欢迎的,但是我们并不需要绿色和平的生态斗士或者《物理之道》[1]这样的书来提醒在我们的生态圈中万物都相关联。正因为他们是人类,所有的人类都能感受到这一点——其中的平衡,其中的脆弱。我们只有一个星球,而且它还是**圆**

---

1 全名是《物理之道:现代物理学和东方神秘学共性的一次探索》,该书出版于 1975 年,作者是美国物理学家弗里乔夫·卡普拉。

形的。

核冬天理论的核心概念是**协同效应**。当两起坏事发生之时，第三起（而且是无法预测的）坏事就会发生，比前两件坏事的不良影响之和还要强烈。而这还是在我们已经熟悉的诸多坏事之外，那些坏事已经是个够吓人的清单了。瞬时辐射、超过恒星的温度、电磁脉冲、热脉冲、冲击波超压、核飘尘、疾病、免疫力丧失、寒冷、黑暗、污染、遗传畸形、臭氧耗尽。核武器到底是怀着何等疯狂的残暴、何等的荒谬在憎恶着人类的生命……甚至都可能相信核爆引起的协同效应一直会叠加直到永恒，永远噼啪响着，对生命充满了敌意，即使已经没有任何残存的对象可以承受它们的敌意了。核冬天理论受到了火星沙尘暴研究的启发，而火星则让我们看到了核爆之后世界可能会变成什么样子。它是被投入炼狱的、氧化的、杀灭一切生命的。它**就是**战争星球[1]。

意识到我在写有关核武器的东西后没多久（这个认识花了很长时间：这本书里有将近一半内容在写时我并不知道主题），我又进一步意识到从某种意义上来说我一直在写关于它们的东西。我们的时代是特别的，每个时代都是特别的，但我们的时代尤其特别。一种新的堕落，一种无尽的堕落潜藏在通常

1　火星的英文名 Mars 源自罗马神话，是罗马神话中的战神。

的——其实是传统的——关于衰败的预感之下。只需举一个例子,这个例子就可以说明为什么时间似乎出了问题——现代时间出了问题;过去和未来,同样岌岌可危的,同样变得廉价,此时和现在挤作一团。现在感觉变得更狭隘、更压抑、更不合道理了,随着这个星球从一天活到下一天。有人说过——又是贝娄——现代的境况是悬置,绝对没有人知道将来会是怎样。我们正在经历的,就它可以被我们感知的那部分而言,正是核战争的体验。因为这样的等待——又是谢尔——这样的焦虑,这样的悬置,就是任何人所能感受到的唯一核战争体验。我们生活的现实(不同种类的死法,在一个没有话语的世界里)几乎不能称之为人类的经验了,就像剩下的短暂的清醒意识也不能被称之为人类的生活一样。它只能是人类的死亡。这就是它了,这就是核战争——而它正在摧毁一切。核武器的"效果"已经被充分研究过了,不过,当然永远不会有人体验它的全部威力。核武器的心理影响是怎样的呢?虽然还没有起爆,世界上的核武器库已经在开展心理战了;例如说,核威慑本身就完全是种心理影响(因此也是完全不精确的)。空中起爆,一次打击,猛烈的报复攻击,无法控制的升级:这一切都已经在我们的头脑里上演了。如果你想到核武器,你会觉得恶心。如果你不去想它们,不知何故你同样也会觉得恶心。核武器会驱逐所有的思考,或者终结一切思考。

因为某种原因,而它毫无疑问是个让人着迷的原因,关于核武器这个主题的想象性虚构作品的大部分都是类型文学。五角大楼-克里姆林宫里的倒数计时，关于恐怖分子或者某些领导人的惊悚小说，末世荒原上的爱与痛。科幻小说很早就开始关注灭世武器了，早在这样的武器被构思出来之前很久，而现在大约每四本科幻小说中就有一本是设定在核浩劫之后。与此同时，令人惊讶的是主流文学对人类的核命运竟然没有多少好说的——这样的命运并不乏复杂、包容性、模式和矛盾，这样的命运并非无聊（核武器有诸多缺点，但无聊并非其中之一）。然而更年长一辈的作家们却保持沉默；虽然他们中的许多人既高产又杰出，而且他们的写作生涯还横跨1945年这道进化的防火道，他们明显不觉得这个主题是自然生发的。他们曾经生活在一种世界里，然后他们又生活在另一种世界里；而他们却不能告诉我们这两个世界有何不同。我最近问过格雷厄姆·格林不同在什么地方，他说他还从来没有想过这个问题。我不觉得这算是格雷厄姆·格林的任何失败之处，他是我们时代最有预知能力的作家。不过我的确认为这算是核武器的某种胜利。

很明显，一个文学主题是不能被选择，不能被强迫生成的；它必须按照自己的节奏到来。更年轻的作家，那些整个人生在防火道这一侧度过的作家开始写作关于核武器的内容了。我的直觉是正面进攻这个主题是不可能的。对我自己来说，我感觉它更像一个背景，一个阴险地把自己推上前景的背景。也许下一代可以走得更远；也许下一代可以更接受世界末日……

再说了，甚至可以论证说所有的写作——在所有时代创造的一切艺术——都在两个重要的方面和核武器有关。艺术赞颂的是生命而不是生命的对立面。艺术还加高了赌注，扩展了可能会失去之物的范围。

相互保证毁灭（MAD）[1]：它听起来就像个保险公司或者房屋信贷互助会，直到我们听到了它的最后一个词（Destruction）。我们**将会**听到它的最后一个词吗？MAD 是个让人恶心又荒谬的信条，而逃离它的欲望现在又给了我们 SDI[2]。我花了很长时间读赞成 SDI 的文献，终于发现它的一些正面价值。它或许可以减少**意外核战争**造成的伤亡。之后我又读到了达尼尔·福特[3]的精彩著作《核按钮》，意识到意外战争是许多核政策最激烈的批评者认为完全不可能的事情。于是 SDI 就没什么正面价值可言了。核武器的升级才是现在的最关键的威胁。重新重视防御、削减和淘汰核武器库，才是可能的未来。重新重视防御再加上维持现状只是在上演更多同样的戏码。这只是意味着更多的核武器。核武器就像金钱一样：没人知道多少才是

---

[1] Mutually Assured Destruction，也译作共同毁灭原则，即敌对的双方中有一方使用了核武器则双方都会使用核武器最后同归于尽的核战略。

[2] 见第 9 页注解。

[3] 美国记者和历史学家，生于 1931 年，代表作还有关于美国志愿援华航空队的《飞虎队》一书。

足够。如果我们能够从任何靠近宇宙时间的制高点审视我们自己，如果我们有任何对宇宙力量和宇宙平衡的感知，那么所有的指针都会指向同一个方向：**缩减**。缩减，缩减，缩减。我们不需要的，就是**增加**。

在《核威慑的逻辑》一书中，安东尼·肯尼这位哲学家和前牧师，他在有核世界里搜寻道德的喘息之所，相关描述无比准确。从伦理、正义和人性方面，核威慑都只会留下一片残垣；毫不令人吃惊的是，它也同样缺乏逻辑。第一次核打击是非道德的，而报复性攻击同样也是。一旦核威慑失败，就不可能再通过报复让它起效。谢尔非常精妙地论述了这一点：

> ……如果核威慑失败了，那么无论做什么都是徒劳……当总统被问到美国在遭受苏联的核攻击时可以采取什么行动时，他不能回答："我会马上给苏联总理打电话请他停止攻击。"他不能告诉全世界如果我们遭受了核攻击我们的报复只是一通电话。一旦他做出如此回答核威慑就等于宣告破产。

总的来说看到人们引入宗教力量试图取得乌托邦式的一致是件让人鼓舞的事情，不论是采用教宗谕令、牧师公开信、社会活动还是其他形式。核武器是一面映照人类所有面目的镜子。现在地球上影响力最无可比拟的宗教团体，新福音派——

他们才是真正行使权力的人——热切地期盼着一场荣耀以色列（战争开始的地方）并摧毁苏联人的"神圣核战争"，他们还想象了世界末日的惊人细节。这些人是重生[1]的；他们似乎还想"重死"一次。一次"神圣"的核战争：我们由此可以瞥见愚蠢的地狱熔炉，而这样的地狱却是我们可能的未来之一。

我是在以色列写下这些文字的。我们刚刚参观了大屠杀博物馆。我们的旅行团刚刚爬上了马萨达[2]。马萨达：虽然马萨达故事的历史真实性仍无法确定，但它对犹太民族性的神话意义显而易见（由此而来的就是"马萨达综合征"，其实它只是用来支撑以色列极端主义的一套鹰派表述而已）。压迫，反抗，围困，大规模自杀——牺牲。一场大屠杀就是一次牺牲，"一次彻底被火焰吞没的牺牲……一次彻底的燔祭……一次彻底的牺牲"。

站在马萨达巨大的岩石山上北望，所见的风景是一种原始的美。它让你感受到了生活在一个星球上是什么样子；它让你感觉到生活在一个比地球更大、更空旷、更清洁、更纯真

---

[1] 此处艾米斯使用的是 Born Again 一词，在基督教中，这个概念并不指肉体的出生，而指个人获得信仰的精神重生。

[2] 以色列的一座岩石山，地形险要，在犹太人反对罗马人的起义中成为犹太人最后的据点，据称公元 73 年罗马人即将破城时防守的犹太人宁愿集体自杀也不愿沦为罗马人的囚徒。

的星球上会是什么感觉。一切——左边不可撼动的群山、上下起伏的平原、死海、约旦雾气朦胧的高地——都是巨大天穹的附庸；甚至连绵数十亩的如镜水面也只能反射出笼盖四野的蓝色一缕。其实生物圈很浅：太空、外太空，就在车程一小时之外的地方（太空比耶路撒冷还近）；可犹太地的天空看起来是无限的。下方，这片土地是战争的土地，常规战争：常规的死亡，常规的破坏，同样处在这片天空之下。然而另外一种战争，一场核战争（我带着双重眩晕想到），可以摧毁**天空**。那天晚些的时候，一位《耶路撒冷邮报》的记者告诉了我"仓库"的事，一幢沙漠中围着带倒刺的铁丝网和武装警卫的建筑，据说那是以色列核计划的所在地。事情并不是那么清楚——它从来就没清楚过——以色列到底是拥有核弹还是只有造核弹的能力。我想知道这个武器能派上什么用场。说到底，它们到底能有什么用？贝鲁特和大马士革都离以色列边境只有40公里远，1小时的车程，就像太空一样。对以色列来说，核武器会变成一种马萨达武器。这就是核武器的本质：马萨达武器。

与此同时它们还窃据在我们的精神生活中。世上或许有核"牧师"，但我们只是恳求怜悯的人，我们还失去了信仰。核弹头就是我们的神。核武器可以在几个小时内就让《启示录》成真；它们当天就可以办到。当然，没有死者会重生；所启示的也只是虚无(**虚无**有两个意思,一切的缺席和一种叫**虚无**的东西)。那些我们称之为"上帝之行"[1]的天灾——洪水、地震、火山喷发——与核战争这种人类之行相比都只是皮外伤:一百万次广岛核爆。和上帝一样,核武器是人的头脑自由创造的结晶。和上帝不一样的是,核武器是真实存在的。它们就在这里。

对 MAD 感到恶心是可以理解的恶心,也是必要的恶心。然而我想说的是 MAD 不仅仅是政治的造物,也是核武器本身的造物。我们总是不停地回到这些武器身上,仿佛它们是能采取行动的人而不是一件武器装备;它们获得这种地位全靠它们的宇宙力量。它们是能采取行动的人,而且从人类的尺度上,是能采取行动的疯子。核武器疯了,它们是 MAD:它们不会有其他任何形态。在那种典型的哲学家的模糊言论中,安东尼·肯尼说:"仅仅被视作静止状态的硬件装置的武器当然不是道德评判的对象,而应该是动用它们的用途……"不是这样的。最近的证据清楚证明核武器即使在静止状态,也会引起各种癌症和白血病。这是何等的毒性、何等的力量、何等的"有效距离"。它们甚至在起爆之前就可以带来死亡。

原子弹就是终结者炮弹,核军备竞赛就是核武器和我们生命之间的赛跑。不是它们死就是我们亡。核武器能做什么?它

---

[1] 即通常所谓"不可抗力"。

们是为什么而造的？从什么时候开始我们所有人都想杀死其他人了？核武器制止核浩劫的方法就是威胁要发起核浩劫，而如果事情出了偏差那么你能得到的结果就是：核浩劫。如果事情没有出偏差，而且在整整下一个千年中（人们吹嘘的四十年和平在宇宙时间里不过是四十次眨眼罢了）都继续不出偏差，你得到的就是……你得到了什么？我们能得到什么？

在多种族儿童茶话会上，自从引入了监护人后，这些来宾也许表现得稍微好了一点。小伊凡不再拉法蒂玛的头发了，虽然他还是在桌下踢她的小腿。谢尔曼把那片本来就属于小孔奇塔的蛋糕还给了她，虽然他又看上了那块三明治，而且多半迟早都会冲上去抢。在外面的草坪上，监护人们维持了一定的秩序，可是行为的准则还是一直以来的穴居人的标准。就算在最好的时候，这些孩子也看起来老实得有点不对劲。虽然孩子们知道监护人的存在，但他们不愿看见监护人，他们不愿对上监护人的视线。他们不愿去想起监护人。因为那些监护人有一千英尺[1]高，身上涂满了胶质炸药，插满了刀片，手里扛着火焰喷射器和机枪，大砍刀和铁签，还因为狂犬病、炭疽和鼠疫而癫狂。最奇怪的是，他们根本就没有看孩子们。长着地狱恶犬一样的血红双眼，口吐肮脏的威胁之语，还晃动着拳头，他们在互相盯视着。他们想要和跟自己块头差不多的对手打

1　1英尺等于30.48厘米。

一场……

要是他们知道就好了——不，要是他们**相信**就好了——这些孩子本可以直接让这些监护人离开的。但那好像是不可能的，对不对？它好像是……不可想象的。沉寂开始笼罩整个草地。这场茶话会开始并没有很久，还必须一直开到时间的尽头。孩子们已经开始哭泣发烧了。他们都觉得不舒服，他们想回家。

布亚克与巨力,或上帝的骰子

布亚克?对,我认识他。整条街的人都认识他。我在那件事之前就认识他了,在那之后也认识他。我们都认识布亚克——六十岁,魁梧的身上铺满了肌肉和筋腱,在院子里冲着篝火微笑,背上扛着写字台和沙发,一只手就能举起装满书的大纸箱。大力士布亚克。他也是个爱梦想的人,一个爱读书的人,一个话痨……当你知道布亚克就住在你这条街上,你会睡得更安心。那是1980年的事了。那时我住在伦敦,伦敦西区,狂欢之地,警察管那里叫**前线**。阿利曼塔多博士[1],《雷霆之子》,种族战争,没有未来:干草屋顶一样的脏辫,气味呛人的酒吧里的疤面女孩。那些黑人,他们一说话就像好斗的醉鬼一样,随时都是这样。如果我去曼彻斯特我女朋友那儿待几天,我总会留把钥匙给布亚克。他的那双手像煤一样硬,指甲

---

[1] 本名温斯顿·詹姆斯·汤姆森,1952年生于牙买加,是一位雷鬼歌手、DJ兼音乐制作人。下文的《雷霆之子》是他1981年专辑中的一首单曲。

方方正正的非常整齐，就像他的牙齿。还有他的小臂，大力水手一样的小臂，又大又沉，涂满了文身，粗暴的、能释放怪力的武器。尽管他个子已经很大了，他身体里的力量却似乎是被紧紧压实的，仿佛他是由一个原本更巨大的人浓缩而来；他就是结实的象征。我和布亚克一样高，却只有他一半重。不，还不到。布亚克告诉过我说要从虚空中造出一个人需要相当于十亿吨当量的核爆能量。看着布亚克，你会相信他的。至于造出我，一根TNT炸药可能就够用了——一枚手榴弹，一根鞭炮。在他和我有肢体接触的时候（你知道的，有人穿过房间向你走过来的样子，这就算是肢体接触了），他表现出的是大个子对小个子的温柔迁就。也许他对所有人都是如此。他总要去保护别人。然后，在好人布亚克，体贴、咧嘴笑的布亚克身上，最糟糕的事情发生了。一次个人的浩劫。在那之后的日子里我见证了也感觉到了布亚克的全部暴力。

他的人生深深地扎根在这个世纪。他是战士出身，1939年在华沙打过仗。他的父亲和两个兄弟都死在了卡廷。他参加了抵抗军——他一辈子都在抵抗。当抵抗军的时候，他对勾结纳粹的人施加了许多可怕的折磨（这是一个关于暴力的故事，关于施暴的故事）。他参加了波兰救国军[1]，然后在1944年12月被监禁了。战后他在巡回马戏团工作，当大力士，掰弯铁

---

[1] "二战"期间波兰最大的地下军事抵抗组织，1945年初被苏联解散。

棍，撞塌砖墙，用牙齿拉动卡车。1956年，我出生那年，他参加了波兰"十月事件"，然后又参加了匈牙利11月的事。之后他就去了美国，埃利斯岛[1]上的大厅、长队和小隔间，还带着妻子、母亲和小女儿。他的妻子莫妮卡在纽约生了小病住院；她在医院里感染了超级细菌，过了一晚上就死了。布亚克在劳德代尔堡当码头装卸工。他挨过很多顿干脆的打，也干脆地打过很多人——破坏罢工的人、黑帮、工会的走狗。但他发家致富了，就像人在美国应该做到的那样。让他来到英国的，我想，是一种（无处安置的）波兰人的怀旧或者势利，以及对和平的渴望。布亚克见识过了20世纪的起伏。然后，有一天，20世纪，一个与众不同的世纪，来拜访他了。我敢肯定，爱读书的布亚克自己会把这场灾难看作某种意义上的后核时代、爱因斯坦式的浩劫。这场灾难绝对是他生存的宇宙尽头。没错，它是布亚克的大坍缩[2]。

我头次见到布亚克是在1980年晚春一个寒冷的早晨——或者说是在核战后三十五年，如果用他更喜欢的从首枚核弹爆炸开始的纪年法。美智子的车一如既往地出了点儿毛病（这次是有个车胎爆了），我正趴在街上和那堆窃贼装备一样的工

---

[1] 纽约港口的小岛，紧邻自由女神像所在的自由岛，1892年到1954年间是美国移民管理局所在地，也是大量欧洲移民入境美国的第一站。

[2] 与大爆炸相对，是假设的未来宇宙状态，宇宙停止膨胀并逆转，所有的空间和物质都坍缩到一起。

具，还有备胎作斗争。娇小结实且沉默的美智子满脸哀伤地看着我。我已经成功地把瘪掉的轮胎上的螺母松开了——但底盘上插千斤顶的开口软得不妙，还黏糊糊满是锈。这辆苦苦挣扎多年的小车在底盘上插上垂直的短矛之后依旧不为所动地趴在地上。现在我必须说了，我本来就和物质世界关系不好。就算是在接杯咖啡或者换灯泡（还有保险丝！）的时候，我都会想——世上的东西到底是有什么毛病？它们为什么总这么咄咄逼人？它们到底和**我**有什么过不去的？世上的东西和我，我们不能再这么继续下去了。我们必须商量出各自退一步的办法，停火，赶在我们中有一方做出什么冲动的事情之前。我得找找它们的人谈谈然后讨价还价定个协议。

"停手吧，萨姆。"美智子说。

"买辆真正的车吧。"我跟她说。

"求你了，停手吧。停下来！我打电话叫辆拖车或别的什么。"

"买辆真正的车吧。"我说，心头想的是——对，或者，换个真正的男友吧。反正就是在我把工具扔回工具包里，擦着我手心里的灰，还在抹掉眼泪的时候，我看到布亚克踱步过街朝我们走了过来。我紧张地盯视着他靠过来的样子。我从书房的窗户里看到过这个粗笨的波匈佬或者返祖的波兰佬在下面的街上忙碌，总是准备好展现他原始的手艺和本事。我并不乐意看见他。我有足够多的标准受害妄想，至少我那个时候有。现在又长大了一些之后,我意识到自己没什么好怕的,除了世界末日之外。和所有人一起毁灭。至少下一场战争里不会有任何特别的软蛋、出气包,也不会有"最不受欢迎的人大赛"了。种族灭绝的风头已经不再了,现在我们要做的是更大的东西。集体自杀。

"你是个犹太人?"布亚克用他带着各种口音的声音问。

"没错。"我说。

"名字?"

是不是还要问编号?"萨姆。"我告诉他。

"全名是……"

我犹豫了,也感觉到了美智子在盯着我的后背。

"是塞缪尔吗?"

"不是,"我说,"其实是萨姆森[1]。"

他的笑透露了不少信息,最明显的是这里有个快乐的家伙。眼睛和嘴都张得大大的,这个笑传达的欢乐和坦诚简直荒谬。但快乐本身就是种很滑稽的状态,如果你停下来仔细想想的话。我是说,全天候的快乐,它简直就不是种合适的反应。对我来说,快乐给他一种不稳定的感觉,一种反向力,一种暴力。但站在这里的布亚克明显是个快乐的人,满意地生活在自

---

[1] 即《圣经》中的参孙,《圣经·旧约·士师记》第13章至第16章记载的古代犹太英雄和大力士。

己的宇宙里。布亚克，戴着他的快乐配饰的布亚克。

"犹太人通常这儿好用，"他用一根手指敲了敲自己剃光的脑袋说，"但手不好使。"

布亚克的手很好使：为了证明，他弯下腰伸手把车抬了起来。

"你逗我呢。"我说。但他没有。我开始换胎的时候他已经在和美智子扯闲篇了，随口就问她有没有亲人死在长崎和广岛。美智子还真有——她父亲的一个表亲。我也是头次听说，可我一点儿都不吃惊。似乎每个人都在死亡浩劫里失去了什么人。布亚克轻松地换着姿势，一度还举起一只忘记职责的手挠了挠头顶。车连晃都没晃过。我一边换胎一边看着布亚克，发现他动用的力量和他的肩膀还有他宽阔的弯曲后背一点儿关系都没——就靠他的手臂，手臂。他就好像是在提起地下室的门，或者在沙滩上举着一条毛巾好让一个小姑娘换衣服。然后他粗鲁地将套筒从我手里夺过去单膝跪下拧起了螺栓。在他那厚木纹板一样的脑袋又升上来的时候，布亚克双眼紧盯着我，一脸严肃，他的眼睛还粗鲁地扫了我一下。他朝美智子点点头跟我说：

"你家死了谁？"

"什么？"我说。如果我明白了他的问题，我的答案会是关他屁事。

"我每年都给以色列捐钱，"他说，"不多，就一点儿。为什么？因为波兰对犹太人干的事太丢人了。甚至在战后也是，"他咧嘴笑着说，"太丢人了。听着，贝辛街上有家补胎的。告诉他们是布亚克介绍的，他们会给你弄好的。"

谢谢，我们俩一起说。他走了，不紧不慢地顺着街道大步走开了。后来，从我书房的窗户里，我见过他修剪房前小花园里的玫瑰。一个小女孩，他的外孙女，在他背上爬来爬去。我常从我书房的窗户里看见他。那是1980年，我还在努力想当个作家。后来再也没有了。我受不了书房里的生活，困在书房里的生活。这是我会讲的唯一一个故事，而且这个故事是真的……美智子马上就喜欢上了布亚克，当天下午就往他家门底下塞了一封感谢信。但是过了好一阵子我才真的和布亚克处得来。

我四处打听关于布亚克这号人物的事，你在假装写作的时候就会这么做。像我说过的，人人都认识布亚克。在街头，在酒吧，在商店里，他们把他当作解决麻烦的人和修理一切的人，他无所不能：所有那些维持房屋运转的系统，让房屋活过来的系统——布亚克都能应付，静脉、内膜、腺体还有肠子都可以。他也被人认定绝对是个怪人，一个仰望星空的人，一个"哲学家"——这个行当，我发现，在这附近算不得什么受尊敬的职业——有时还有人说他就是个彻彻底底的**疯子**（这就是那些从美国人嘴里出来总让人觉得不对劲的词之一，比如说

英镑还有**倒血霉**[1]）。人们也承认布亚克是个顾家的男人：有一次美智子和我在离他家很远的地方见过他，在圣彼得堡广场和莫斯科路交叉路口的教堂门口，他穿着西装站得笔直，带着母亲、女儿还有外孙女。布亚克也能表现出那种在全是女人的家里生活会养成的小题大做的细心。不过人们最热衷的，当然也是最激动的，还是说起维和者布亚克、侠客布亚克、法外正义大师布亚克。他们说起了游击战、复仇、独狼战争，还有先下手为强的行动。站在酒吧里，我这个两肩瘦削的戴眼镜的美国人尴尬地端着啤酒杯，或者是隔着柜台眯着眼睛看过去，或者是夹着牛奶盒子和报纸站在街角上，人们让我好好享用了布亚克和巨力的故事。

有次他抓住两个黑小子在撬邻居家的地下室窗户，他手腕翻了两翻就让两个小子飞到街上打滚去了，就像从阴沟里往外掏污泥一样。还有第二天晚上他是怎么收拾这两个小子的哥哥们的，当时他们在格尔伯恩街上想偷袭他。被布亚克逮住的不管是打架还是偷东西，马上都巴不得自己是在哪个美妙安全的牢房里挨水枪浇。他谁都敢斗一斗。他和市议会扯皮的时候，有次把一个装满垃圾的垃圾槽从他家门口拖到了一百码之外的地方。他有天晚上出门掀翻了一辆卡车，因为之前他和本地一

---

1 此处作者使用的"疯子/nutter""英镑/quid""倒血霉/bloody"都是英国口语的常用词。

个建筑承包商因为发电机的事情吵了一架。布亚克家的女人任何时候都可以在众圣路上走路，不用担心有人骚扰。只要布亚克本人从门口经过就可以让一个酒吧安静下来。不过他很受欢迎。他就是整个社区的中心人物，整条街的社区把执法权赋予了布亚克。他就是我们的核威慑。

但那还是不够……现在，在1985年，我很难相信一座城市除了是它街道的总和之外还能是别的什么，我坐在这里，纽约上西区在窗外喊叫，也伸手揉捏着我的心脏。有的时候，当我在梦中见到纽约的危险时，我俯视着这整座城市——它看起来一半是完成的，一半是破败的，就像一个更大的东西被掰断成的两半中的一半（也许是底下那半），毛糙的、喧闹的、湿漉漉地落着雨或者焊料。你还想告诉我，这一切居然是个社区？……我的妻子和女儿在这一切中行动，在这些犯罪、这些糟践生命的人、这些天真的杀人犯中行走。美智子带着我们的小女儿去了她工作的日托所。日托——那不错。可晨托、暮托，怎么办？夜托怎么办？如果我有可以庇护她们的力量，啊，如果我有那种巨力……布亚克没说错。当代的都市里有松脱的部件，加了速的粒子——有东西已经脱落下来了，有东西正在蠕动着、回旋着、螺旋着逼近自己轨道的边界。一定有个东西会断开，一切都不再安全了。你应该小心再小心，因为安全已经离开我们的生活。它永远消失了。动物会做出什么反应，当你给它们的只有危险的时候？它们会制造更多的危险，更多，多得多。

那是 1980 年，正是团结工联[1]诞生的那年，布亚克就是个波兰人。这一串偶然的联系让我以为布亚克是个观念开放的人。其实并非如此。当我骄傲地和他一起去波托贝洛街附近的木材厂或家装店的时候，布亚克会骂黑人，那些 czarnuchy[2]，而黑人就在我们周围大摇大摆地走着，含混不清地说话。黑人本来没什么不好，他咧嘴笑着争辩说，在有太阳、海浪和足够多香蕉的地方；可在一个西方都市，他们就是孩子——很自然，也是闹脾气的孩子。有一次，他停下来一动不动地死盯着两个穿着"没有未来"T 恤衫的同性恋朋克，他们的头发就像老太太的无檐高帽一样，两个人手拉着手朝我们走过来。"这太不可思议了，对不对？"他说，r 都发成了大舌音。对于基佬，布亚克把他们的困境还有他们的泛滥，也视作一个爱因斯坦式的问题。他承认自己幻想过率领一支骑兵冲向街头，还有街头那些奇怪的人——马蹄声，挥舞的马刀。"当然这是个我会压制的幻想，但如果我能按一个按钮，"他接着说，边说边贪婪地打量着那些 pedaly，那些 czarnuchy，以及别的街头生

---

[1] 波兰的工会联盟，1980 年在格但斯克造船厂成立，是波兰战后第一个独立工会，其领导人莱赫·瓦文萨 1990 年当选波兰总统。
[2] 波兰语，对黑人的蔑称。下文的 pedaly 是波兰语对同性恋的蔑称。

物，他们一边转动着，一边手舞足蹈重新组合继续走开。

人身上的暴力常常是别的什么东西过剩溢出的结果。你知道是怎么回事。你见过那样的人。我似乎对别人身上的暴力有种强烈到会让我失能的敏感，一个人形辐射探测器，专测那些会溢出成暴力的毒素或者不受控的行径。就像战前煤矿里的金丝雀一样，当暴力出现，当空气里有毒气的时候，我就先玩儿完了。这种特质叫什么？就叫它**恐惧**吧，如果你想。**恐惧**挺不错的。在饭馆里拔高的嗓门，散发着粗暴和酒的酸臭气，一个男人瞪自己老婆的眼神，这个眼神会贬低她作为人的存在，会让她准备好接受暴力这一人类的耻辱，抖动的腿，闪烁着疯狂的眼，10点55分的酒吧。我能看到这一切——我的身体能看到，然后让我分泌肾上腺素，让我出汗。我见血就晕。我见到邦迪就晕，见到阿司匹林就晕。这种极度的脆弱感（我自己、我妻子、我女儿，甚至这颗可怜的行星，裹着婴儿蓝的襁褓），正是它最终将我从书房里驱逐了出去。书房里的生活全都是思考和焦虑，而我再也受不了书房里的生活了。

深夜里，在布亚克宽大、弥漫着香气、到处是偶像的公寓里（发出蓝光的圣徒像，蜡烛，长明烛），我扫描着这个大个子波兰人，看他有没有外溢的暴力。他的母亲老罗扎，泡好了茶。在布亚克谈论着巨力，谈论着因禁在物质中的能量时，这位老妇人（她的名字的意思是"大红色"，结尾有个a）用她偶像一样的存在让我安心，她湿湿的头发像银子的纹路。布亚克在昏暗的光线里咧嘴笑着,告诉我他在华沙是怎么收拾勾结纳粹的人的,那是1943年。老天,我想;我赌那个家伙在那之后就勾结不动了。可是,我掩饰不住自己的反感。"可你不高兴吗?"布亚克追问我说。不,我说,我为什么高兴?"你的祖父辈有两个人死在这些人手上。"没错,我说。然后呢?那什么都不能改变。"复仇啊。"布亚克简单地说。我们给复仇的评价是虚高的,我告诉他。而且也过时了。他带着暴力的蔑视看着我。他张开双手摆出解释的姿势:双手,双臂,他意志的警察。布亚克是复仇的大粉丝。为了报仇他有的是时间。

我曾经见过他用那双手和那对胳膊。我从我书房的窗户里目睹了一切,那时世界都是穿过这个有四块面板的屏幕(像月亮一样坑坑洼洼,还有会折光的横杆)进到我面前的。我看到四个人从两辆车里下来,然后在布亚克门口的台阶前站稳了。我是不是听到了屋里有人叫了一声,警告的还是渴望的喊声?……布亚克的女儿给老头惹了不少麻烦。她的大名是莱奥卡迪亚。她的小名是"麻烦"。她看起来像个乡下人但又光艳照人,三十三岁,高挑,丰满,性格暴躁又爱哭哭啼啼,她就是布亚克的原子核里的不稳定成分。我注意到她有两种声音,一种是用来说真话的,另一种是用来瞎扯、撒谎的。在她老式裙子棕色闪亮的表面之下,她身体的凹凸诱人地排布着。**她的**女儿,小博古斯瓦娃,是一场混乱的十二小时艳遇的副产品。街上的人都清楚莱奥卡迪亚一推就倒:她是那种(我们过去会说）每次看到装甲运兵车都会浑身潮热的女人。她甚至还撩拨过我，就在我的公寓里有那么一次。当然不用说我没有随她的心。我有自己的原因：我怕美智子和布亚克本人的报复（他们俩都浮现在我脑海里，不合常理地一样巨大）；此外，更直接的是，我一点都不确定我能否在床上招架得住莱奥卡迪亚这样的女人。那么大的丰乳肥臀。那么多雀斑和眼泪……她和一个家暴她的男人同居了六个月，灵活的小个子帕特，精瘦，骨结突出，结实得像绷紧的钢丝一样。我觉得她也打过他，打过几次。但暴力说到底还是个男人的成就。暴力——那可是个男子汉的活儿。莱奥卡迪亚一直回到帕特身边，别问我为什么。我不知道。他们也不知道。她又回去了，穿着高跟鞋嗒嗒嗒地走回他身边，带着黑眼圈，擦破的脸颊，扯掉的头发。没人知道为什么。连他们自己都不知道。布亚克，出乎意料地，完全没有插手，保持着距离，一直不干涉——不过他的确努力让那个小女孩，博古斯瓦娃，安全地留在他家，不被牵扯进这些麻烦里。你常常能看到老罗扎把这个孩子从一个公寓领到另一个公寓。在她第二次被打得住院之后（这次是肋骨断了）莱奥卡迪亚撒手了，彻底回了家。然后帕特带着他的兄弟们出现了，也发现布亚克在等着他们。

这三个人（我目睹了全部）都是那种让人一看就知道他们是干什么的，一副英国混混的体型，骄傲地腆着肚子，上粗下细的腿，从膝盖往下都往后弯着，头发稀疏，年纪轻轻就一脸老相，仿佛他们衰老的速度远远不止一年一岁。我不知道这些家伙在美国街头能吓到谁，但我猜他们的个头够大，他们的来意也够明显。（你读过亚布隆斯基灭门案[1]的报道吗？现在这个年头在美国，如果你在暗杀名单上，他们就会闯进来把你全家都杀了。没错，他们现在直接"核平"你）。反正他们吓到我了。我坐在书桌前发抖，看着帕特带着他们走进花园门。我讨厌他牛仔裤的喇叭口、紧紧包着脚的跑鞋，还有身上紧绷的弗雷德·佩里[2]网球衫。然后前门开了：戴着眼镜的布亚克，吊带裤穿在马甲外面，年老，魁梧。那些家伙条件反射地放松了肩头，让手垂下来做好准备，整套动作既认真又不屑。说了几句话——要求，拒绝。他们朝前动了。

没错，我肯定是眨眼了，要不就是闭上了眼睛或者低下了头（或者昏了过去）。我听到三声规律的两拍的击打声，干脆，直接，残暴，每一下都像斧子劈开冻僵的木柴。等我抬头再看的时候，帕特和他一个兄弟已经倒在台阶上；其他人正在后撤，从这个事件，从这次力量展示的现场后撤。布亚克面无表情地跪下来又对倒在地上的帕特额外来了几下。在我看着的时候，他往后攥着帕特的头发，小心地把中子元素一样沉重的拳

---

[1] 指约瑟夫·阿尔伯特·亚布隆斯基（1910—1969），美国工会领袖，1969年和自己的妻女一起被暗杀于家中。

[2] 弗雷德里克·约翰·佩里（1909—1995），英国著名网球运动员，1952年创立了以自己名字命名的运动服饰品牌。

头捅进帕特朝上仰着的脸上。在那之后我就必须去躺着了。不过几个星期之后我在伦敦学徒酒吧看到帕特一个人坐在那里；他躲在唱片点唱机背后的角落里懊悔地颤抖着；他脸上一层摞一层的肿胀像一团火，红的蓝的什么颜色都有，而且他还是用吸管在喝啤酒。那一拳把他给莱奥卡迪亚的一切都还给他了。

在和布亚克相处的时候，我总是在试探着建立起和他的友谊。我不知道我是不是真的成功了。年龄的差距不容易跨越。力量的差距不容易跨越。友谊也不容易。当布亚克的浩劫来临时，我对他有点用；我比什么都没有好。我去了法庭。我去了墓地。我也承受了我那一份巨力，我可以承受的那一点……那个夏天也许有那么十来次，在灾难来临之前（它在慢慢地逼近他，加着速），我很晚了还坐在他家的后门廊里，他家的女人都已经睡了。布亚克在看星星。一边说话一边喝茶。"用光速移动，"他有次说，"1秒钟不到你就可以跨越整个宇宙。时间和空间会湮灭，所有的未来都是可能的。"这不是吹牛？我想。或者又一次："如果你可以停留在一个奇点的边缘，时间会变得很慢，45秒里一夜就过去了，七天里就能有三次美国大选。"三次美国大选，我对自己说。唷，真是无聊的一周。而且凭什么他可以是个梦想家，我却只能困在低贱的地球上？感觉刻薄的时候我常常会鄙视会做梦的布亚克，但夜深的时候我也对他心怀暖意，因为他积累的经验（时间像个雕刻家一样雕琢他的脸，速度慢得惊人），我也害怕他——我怕那些盘曲、充盈在布亚克体内的能量。抬头盯着小盘子一样的星星（也许宇宙里有比我们这个星系更宜居的地方：更干净、更安全、更上档次），我能感觉到的只有黑色夜空星图虚假的安宁，它的美遮蔽了巨大且日常的暴力，逃逸的宇宙，物质四散飞奔，爆炸到时空的尽头，全是圆圈和弧线，全是哈勃和多普勒，上下四方古往今来都是敌意……今天晚上，就在我写作的时候，纽约的天空也遍布群星——同样的星星。那里。那里沿着街走来的是美智子，和我们的小女儿手牵着手。她们成功了。终于安全到家了。在她们头顶众神用黑色的骰子在掷双骰：3、5，还有1；北斗七星刚扔了一个4和一个2；但谁他妈丢了个6、6、6？

一切现代病，一切最新的扭曲和不适，布亚克都把它们归咎于一个东西：爱因斯坦式的知识，关于巨力的知识。他觉得最矛盾的就是我们这个时代最伟大、最纯粹、最神奇的天才，竟然将地球带入了如此的肮脏、亵渎和恐慌。"这就像是20世纪该做的事情，"他说，"这本来就注定是个反讽大放异彩的时代。我有些堂兄弟还有叔叔说起爱因斯坦来就好像他是个棒球英雄还是一支叫犹太人的棒球队队长一样（'他真有脑子''看看那个家伙的脑子'）。"布亚克说起爱因斯坦就像他是上帝的文学批评家，而上帝是个诗人。我，更冷静的我，更倾向于怀疑上帝是个小说家——还是个喋喋不休非常不健康的小说家……其实布亚克的理论非常吸引我。它至少是全面的。它能回答最重要的问题。你知道我说的是哪个问题，还包括它累积的不安，它积攒的复利。你每次翻开报纸打开电视或者在街头的雷电之子们中间走过的时候都会问自己这个问题。新的形状，新的畸形。你知道那个问题。它就是：**这里到底是怎么回事**？

这世界每天看起来都更糟。是它真的更糟了，还是它只是看起来更糟？世界变得更老了。一切都是世界见识过也做过的了。天啊，它得多累了。它想自杀。就像莱奥卡迪亚一样，这个世界和太多的人一起做太多次太多事，这样做过，那样做过，和他做过，和她也做过。这个世界去过太多派对，打过太多次架，掉过钥匙，被人偷过手提包，摔倒过，喝大过。这一切都会一起算总账。账单送来了。我们那讽刺的命运。看看现代的丑闻，20世纪的罪孽。有些很奇怪，有些很常见，但它们都让人看不下去，浑身裹着新生儿的胎脂。随机的或者纯属找乐子的暴力犯罪，金钱越来越不遮掩的专制（金钱——这坨狗屎到底是什么？），淫秽制品的泛滥，家庭破裂成了核心家庭（所有的生育期的人都超临界了，现在连孩子都在逃跑了），被媒介呈现的现实的破坏和扭曲，对极老和极幼的人的性虐待（还有对弱者，弱者）：这里暗藏的公分母是什么，什么又能**解释这一切**？

借用我理解的布亚克的话说……我们生活在一个耻辱的阴影之地。无声无息地，我们关于人类生活的观念改变了，变稀薄了。我们现在没法把生活当回事。人类已经把自己降级了。人类已经不再生活了。人类只是生存，像动物一样。我们忍受着自杀者的耻辱，杀人者的耻辱，受害者的耻辱。死亡就是我们所共有的全部。而那对生活又有什么影响？至少，布亚克对它带来的损伤是如此估计的。他相信，如果明天全世界就废除核武器，在经历过它和巨力的纠缠，它和巨力的调情，它和巨力的那点事之后，人类至少还需要一个世纪的时间来恢复。

不过这都纯属理论问题，因为布亚克不可动摇地坚信末日就要来了。人（那个危险的生物——我是说，你看看他的**犯罪记录**），怎么可能，人怎么可能抗拒完美犯罪的诱惑，那可以抹去所有证据，所有的纠正，所有过去和所有未来的犯罪？我是个足够认真的反战分子、乐观主义者和懦夫，所以选择相信另一种观点。一个恐惧的忠诚追随者，我一直认为肥野人和大个子混蛋会一直僵持下去：他们清楚如果举起一个拳头，那么整个酒吧就会被夷为平地。我同意，这不是什么让人安心的杰作——尤其是在周六晚上11点55分，还在上酒的时候。

"核威慑理论，"布亚克面带嘲笑说，"它不光是个糟糕的理论，它都算不上个理论。它就是疯狂。"

"那就是为什么还要更进一步。"

"你支持单边核裁军？"

"对，没错，"我说，"迟早总有人得开始吧。开始。从历史上说英国很合适试试看。大不了就是苏联人占领了欧洲，也许会。但这个风险肯定比另一个风险小多了,那可是无限的危险。"

"这样做什么都不会改变。风险没有消除。你做的一切都只是让人更容易丢掉性命。"

"我只是想总得有个开始吧。"

我们的争论总是在同一个细枝末节上终结。我坚持第一波核打击的受害者没有报复的理由,而且也许不会反击。

"噢?"布亚克说。

"意义在哪里?你没有任何需要保护的东西了。没有国家,没有人民。你什么都不会得到。为什么还要增加伤害呢?"

"复仇啊。"

"啊对。'激战中头脑一热。'可那不是个**理智的理由**。"

"在战争里,复仇就是理由。复仇和别的一切一样有理。他们说核战争不会是真的**战争**而会是别的什么。没错,但对那些参战的人来说,他们会觉得自己就是在打仗。"

另一方面,他补充说,没人猜得出来在巨力重压之下人会怎么反应。在越过那条界线后全世界都会是疯狂的或者兽性的,肯定再也不能算人了。

1980年秋的一天,布亚克去了北方。我一直不知道是为什么。那天早上我在街上见到了他,在深蓝色外套的衬托下,他看起来非常壮观。他礼貌的欢快劲头,他的帽子,他的领带，让我有种感觉他是去探望一位旧日女友。天空灰暗阴沉，挂着有趣的青瘀云团，街面湿漉漉的，上面还粘着树叶。布亚克用一把卷得紧紧的雨伞指着自己家的前门。"我明天晚上就回来，"他说，"帮我照看一下她们。"

"我？噢，好。没问题。"

"莱奥卡迪亚，我刚知道，怀孕了。两个月。帕特。噢，帕特——他真的太不是人了。"接着他用力耸了耸肩说，"但我很开心。看看博古斯瓦娃。她爸也是个畜生。可看看她。一朵鲜花。一个天堂来的天使。"

然后他就走了，稳稳地走到街尾，一副如果有必要可以心甘情愿地一路走到北方的样子。那天下午我去看了看女士们，还和老罗扎一起喝了杯茶。上帝，我记得我当时想，这些波兰人是什么做的？罗扎已经七十八岁了。到她这个年纪我妈妈就该死了二十年了。（癌症。癌症就是**另外那个东西**——第三个东西。癌症也会来找我的，我猜。有的时候我觉得它就在我面前，像电视一样在离我几英寸远的地方沙沙作响）我坐在那里好奇野性在布亚克家的女人们身上是怎么分布的。长着一对虔诚的眼和古董银一样的头发，罗扎却是那种喜欢因为自己偶尔听到的黄色笑话而大笑的老太太——而且她笑起来像音乐一样，还会举起一只手温柔地示好。"嘿嘿，罗扎，"我会说，"我给你讲个笑话。"然后不等我张嘴，她就开始大笑。小博古斯瓦娃——七岁，安静，敏感——在壁炉前趴着看书，书页点亮了她的双眼。就连那位壮硕的美人莱奥卡迪亚看上去都平静多了,她的双眼放松地收敛了光芒。现在她和我说话的样子和过去一样平常,就是在我公寓里那出尴尬之前的样子。要我说,她之所以愿意和那么多小子们睡觉,不过是因为想得到别人的肯定罢了。

别人的肯定是个怪东西,有些人就是比别人更需要。再说了她有很明显的女性特征和特质;对天生有如此本钱的女孩来说,谨慎从事并没有那么容易。现在她坐在那里无比平和。焦虑的红旗放倒了。她所有危险的潮涨潮落都平息了。一种神情恍惚的平静——美智子有时候就是那样,在我们的孩子要来的时候。我们的小家伙。期待生产。那就是她们在做的事情:期待生产。我待了大概一小时然后又过了街,回到我的书房和它狭小的生活里。那天晚上其余的时间我都坐书房里读《莫斯比回忆录》[1];透过我的窗户,我也的确看着布亚克家的前门。第二天是个周五。我去看看了女士们,还留了把钥匙给她们然后自己也去了北方——去了曼彻斯特,去找美智子。与此同时,精力旺盛的行动者,20世纪的形象的代表——爱因斯坦的怪兽们——正在南下的路上。

周六午夜布亚克到家了。他发现的一切我都是从报纸上和

---

[1] 美国作家索尔·贝娄1968年出版的短篇小说集。

警察那里知道的，还有几个布亚克不小心说漏的细节。反正我什么都不会加上去；我不会在布亚克发现的一切上再添加任何东西……他没有察觉到任何不妙的迹象，直到他把钥匙插进锁里发现门开着，而且轻轻一推就开了。他静默地走了进去。门厅里有股奇怪的味道，香烟和果酱的混合气味。布亚克轻轻推开了客厅的门。客厅看上去就像被撕成两半的残片。地上一个空伏特加瓶子似乎在顺着瓶身的方向微微摆动。莱奥卡迪亚浑身赤裸倒在角落里。一条腿折出了不正常的角度。布亚克看了每一个可怕的房间。罗扎和博古斯瓦娃躺在她们的床上，赤裸，扭曲，僵硬，就像莱奥卡迪亚一样。莱奥卡迪亚的房间里有两个陌生男人在睡觉。布亚克随手关上了卧室的门，摘下了自己的帽子。他靠近他们。他朝前弯腰准备抓住他们。就在他这么做之前他活动了一下胳膊上的肌肉，然后感到了巨力的躁动。

这一切发生在五年前。是的，我是在告诉你这个世界还没完蛋，在1985年的时候。现在我们住在纽约。我教课。学生来我家，然后他们离开。工作的间隙，还是会有足够大的空白让我瞥见书房的生活，然后再次意识到我受不了那样。我女儿四岁了。她出生的时候我在，或者说我努力在。我先是吐了；然后我躲了起来；然后我晕了过去。没错，我可真棒。被人找到唤醒了之后，我被领回产房。他们把边上沾满血的襁褓放到我怀里。我那个时候就想，现在也这么想：这个可怜的小婊子要怎么活下去？她要怎么**活下去**？但是我现在在学着和她一起活着，和让人忧心的炸弹，和让人怜爱的炸弹一起生活。去年夏天我们带她去了英国。那时英镑疲软美元坚挺——大胆、无畏的美元，欧洲的掠夺者。我们带她去了伦敦，伦敦西边，有雷霆之子的狂欢之地。布亚克之地。我提前给我的房东太太打了电话，确认了布亚克还在，在1984年。我有个问题要问他。而且美智子和我想让布亚克见见我们的小女儿，小罗扎，以那位老太太的名字命名的。

老罗扎就是我一直不停在想的人，那是在我这辈子最糟的车程里，我们当时正从曼彻斯特开回伦敦，从好天气开进坏天气，开进周日的风暴里。那天早上在她的小房间，我们喝咖啡吃酸奶，美智子递给我一份皱巴巴的脏污小报。"萨姆？"她说。我盯着那篇报道，盯着那个名字，然后意识到可怕的生活再也不是在别处，再也不是在对岸，而是紧邻着你的生活，我的生活……汽车真是糟糕的东西，难怪布亚克恨它们。汽车是种残忍的生物，恶毒的混蛋，毫无怜悯也不可原谅，满心只有一个念头，从 A 点到 B 点。它们不会考虑任何特殊情况。我们就这么在高速公路上一路滑下去，车轮甩着泥水。我们停车的时候邻居们围了过来，男人撑着雨伞，女人抱着胳膊，不住地摇头。我过街按了门铃。又按了一次。为什么呢？我试了试后门，厨房的门廊。然后美智子招呼我过去。我们俩一起透过客厅的窗户盯着屋里。布亚克坐在桌旁，朝前弓着，仿佛他需要自己后背和肩膀的全部力量才能保持这个姿势，才能保证让自己的静能[1]稳住，镇住。我在玻璃上敲了好几次。他动都没动。我耳朵里有种响声，每一秒都嗤嗤作响，比导火索还慢。街道感觉像个山洞。我转头看向美智子和她长着双眼皮的眼睛。我们立在大雨里对视。

后来，我对他还有点用，我觉得，当该轮到我来和巨力纠缠的时候。说不清为什么，美智子一点都承受不了这一切；她第二天就甩下我直接回了美国。为什么？她那个时候有、现在也有十倍于我的力量。或许那就是为什么。或许她太强大了，不能向巨力屈服。反正我不是说我有什么特别……夜里布亚克会过来坐在我的厨房，把整个房间都填满。他想要在人身边，他想要待在家以外的地方。他什么也不说。小走廊里有奇怪的辐射，脉冲和核飘尘在嗡嗡作响。常常很难走动，也很难呼吸。强大的人会有什么感觉，当他们的力量离开他们的时候？他们会听到过去的声音还是他们只会听到各种声音——人说话的声音、音乐、如坩埚烧开般的远处的马蹄声？我得说真话，说出我当时是怎么想的了。我曾经以为，也许他会杀了我，不是因为他想要或者希望我受到伤害，而是因为他自己已经遭受

---

1 物理学术语，指物体静止时内部一切能量的总和。

了这么多的伤害。这样才可以让他解脱，暂时解脱。总有什么要断开。我忍受了事件的余波还有辐射。这就是我唯一能贡献的了。

我还陪他去了法庭，在他忍受那次伤害、那次连续的伤害时陪在他的身边。那两个被告是苏格兰人，邓迪来的弃保逃犯，二十来岁，已经被通缉——不过他们是谁不重要。他们没有用精神问题来认罪开脱，事实上一点想这么做的迹象都没有。整件事都没有任何理智可言。他们说的话根本就听不懂，还得有个警察给他们翻译。他们说事情是这样的。在喝了过量的啤酒之后，这两个家伙在街上和莱奥卡迪亚勾搭上了，主动提出送她回家。被邀请进门之后，他们轮流和这位年轻姑娘激情一轮，是她主动的，然后就安稳地睡下养神了。在他们睡觉的时候，别的什么人闯了进来干下了所有可怕的事。布亚克全程都坐在那里，静静地崩溃。他和我都知道，莱奥卡迪亚可能会做出这种事，在另一天，在另一种人生里，基督啊，她甚至可能真的——但是和这两条狗，这两条疯狗，丧家犬，衣服破烂、牙齿橙黄的畜生？不过这都无关紧要。谁在乎？布亚克做了证。陪审团离席定罪连二十分钟都不到。两个人都判了十八年。在我看来，当然（对我来说它才是唯一不可衡量不可琢磨的问题），最重要的问题从来都没人问起，更别说回答了：它和在莱奥卡迪亚卧室里那奇怪的几秒有关，当时只有布亚克和这两个人。没人问这个问题。我会问的，在四年之后。当时我没问……判决的第二天我仿佛就散架了。嗓子生疼，眼睛流泪，鼻子流涕，我把自己拖上了飞机。我甚至连再见都不敢说。在肯尼迪机场突袭我的是什么呢？美智子盯着我的脸告诉我她怀孕了。我当时就地弯下了自己没用的膝盖，求她不要生下来。但她还是生了——还早产两个月。耶稣啊，简直就是爱伦·坡的恐怖故事新作《早产的婴孩》。装在保温箱里，照着灯，黄疸，肺炎——她甚至还有一次心梗。我也心梗了，就在他们告诉我的时候。不过她最后活了下来。她现在活得很好，1985年的时候。你该见见她。是爱的核弹和它的飘尘最后让你充满了能量。没有爱你无法开始这件事……那是他们上楼的声音，我想。是的，她们回来了，改变了一切。罗扎在这里，美智子在这里，我在这里。

布亚克还住在这条街上。他从45号搬到了84号，但他还在这条街上。我们到处打听了一下。整条街的人都认识布亚克。那儿，他就在他屋前的花园里，看着一堆火焰伸缩且噼啪作响，蛇头般的火焰突然咬空气一口——火焰之蛇，在知识的花园里。说到底，当火烧起来的时候，我们能应付火；不是所有人都会被烤干烧焦的。他抬头看了过来。那个巨怪一样的微笑没有多大变化，我感觉整个人的存在感非常明显地收缩了。依旧年老魁梧地穿着马甲，但他的质量，那些储存在他身体里的能量软化消失了。好吧，总有东西会断掉。布亚克收养了或者被收养了，或者至少让自己成为一个庞大的各种人都有的家庭里不可或缺的一员，大多数都是爱尔兰人。屋里的房间都擦得很干净，没有赘饰，有活力且整洁，他有本事做到这一切。午饭是在太阳晒暖的松木桌上吃的：啤酒，苹果酒，吵嚷，还有阳光疗法。那个五十来岁的红发女人毫不留情数落布亚克衣着的样子让我觉得他们很明显在恋爱。即便如此，老头已经六十大几快七十了，我想到布亚克在床上的样子就佩服死他了。床上的布亚克！难以置信，他的幸福是无缺的——无损的，完整的。这怎么可能？我想，他的慷慨不光只充盈着地球还充满了整个宇宙——或者简单说就是他爱一切物质，物质的旋转和魅力，红移蓝移，甚至物质的内衣。幸福还在那里。从他身上永远消失的只是力量。他边吃午饭边说，一周或两周前，他看到一个男人在街上打一个女人。他朝他们大喊把两个人分开了。可要论体力，他没有任何力量插手——**无济于事**，他耸了耸肩说。其实你能感到区别，他行动的方式，他穿过房间向你走来的样子都不同了。他的力量消失了，或者使用力量的意愿消失了。

后来他和我走到街上。美智子躲开了这出最后的相遇，选择留下和女士们在一起。不过我们还带着小姑娘，小罗扎在布亚克的肩头睡着了。我不带恐惧地看着他。他不愿意放下趴在他肩头的孩子。他用双臂让罗扎变成了他的。

就像安排好的一样，我们停在了45号门口。现在黑人小孩在花园里踢一个漏气的红色足球。布亚克和我之间的障碍在消失，突然感觉可以畅所欲言。于是我说了。

"亚当，我不是想惹事。但你为什么没杀了他们？**我**就会的。我的意思是，如果我想到美智子和罗扎……"但其实你不能这么想，你连靠近这个念头都不行。这个念头就像烈焰一样。"你为什么没有杀了那些婊子养的？是什么阻止了你？"

"为什么？"他问，边说还边咧嘴笑着，"那么做的原因是什么？"

"得了。你能做到的，简单得很。自卫。地球上没有哪个法庭会判你刑的。"

"没错。我这么想过。"

"那发生了什么？你是不是——你是不是突然觉得虚弱了？是不是只是你觉得太虚弱了？"

"恰恰相反。我手里抓着他们脑袋的时候，我想的是让他们的脸磨在一起是件无比简单的事——直到他们淹死在对方的脸里。但是不行。"

但是不行。布亚克只是抓住这两个家伙的胳膊拖着他们（半英里[1]，一直拖到哈罗街的警察局），就像个拽着两个不听话孩子的父亲一样。他把他们交给了警察，然后就拍了拍手撒手不管了。

1　1英里约合1.6公里。

"基督啊,他们再过几年就能出狱了。为什么不杀了他们?为什么不?"

"我不希望在我发现的一切上再添上新的暴力。我想起了我死去的妻子莫妮卡。我想——他们现在都死了。我不能在我看见的一切之上再添上新的暴行。其实最困难的事情是伸手触碰他们。你知道耗子湿乎乎的尾巴吗?蛇?因为我看到他们根本就不是人。他们不知道人的生活应该是怎样的。完全不知道!可怕的变异,他们不配当人。永恒的耻辱。如果那时我杀了他们我的力量会还在。但你总要找个地方开始。你总要开始。"

而现在布亚克放下了武器,我不知道为什么,我却变得强大了一点。我不知道为什么——我无法告诉你为什么。

他曾经告诉过我:"宇宙里的物质肯定比我们知道的要多。要不这样的距离实在太过可怕了。我都恶心了。"到最后他也是个爱因斯坦的信徒,布亚克相信振荡宇宙理论[1],他声称大爆炸会永远和大坍缩交替出现,宇宙会一直扩张直到统一的重力召唤它重新开始为止。在那时,当宇宙到达收缩与膨胀的临界点之时,光会开始倒流,被星星所接收,从我们人类的眼中喷薄而出。如果,我是无法相信的,时间也会同样开始倒流,就

---

[1] 一种宇宙结构理论,该理论认为宇宙在大爆炸之后膨胀,然后在重力作用下收缩,收缩到一定程度后又再度膨胀。

像布亚克坚持的那样（我们会倒着走吗？这一切里有我们说话的份儿吗？）那么我和他握手的这个时刻就会是我故事的开始，他的故事，我们的故事，我们会在彼此的生命里沿着时间倒退，从现在开始的四年前再见，那时，从最刺痛人的哀伤中，布亚克失去的女人会重新出现，在鲜血中降生（我们也将会有我们的聊天，从同样的结论开始倒推），直到博古斯瓦娃缩回到莱奥卡迪亚的腹中，莱奥卡迪亚缩回莫妮卡的腹中，而莫妮卡会在那里由布亚克搂抱着，直到轮到她退走的时候，亲吻着她的指尖，在田野上退回那个不再有任何时间给他的遥远女孩（那会比现在这样更容易接受吗？）。然后，大个子布亚克也开始缩小，变成世上最弱小的东西，无助的，毫无防卫的，赤裸的，哭泣的，什么也看不见的，纤小的，缩回罗扎腹中。

火焰湖的洞察力

内德的日记

7月16日。嗯,让丹和我们一起来火焰湖过夏天肯定是件让人高兴的事。我很乐意这么做。我们要照顾他一直到八月中旬。会有麻烦的——弗兰和我都同意这点——但目前他似乎还很好对付,就是一副心神不宁的样子。弗兰也有一点不爽,这是当然的,不过我们已经商量过了,就在丹来的前一天晚上,把整件事情都说开了。我和斯利扎德医生通过电话,他警告我说丹现在服用的额外药物会让他连续三四天都很阴郁不搭理人。再说了他还在哀悼期。可怜的丹——我能感到这个小子的痛苦。如此聪明又如此苦恼,就像他父亲一样,上帝保佑他安息。我也在哀悼。虽然我们没那么亲近(他的年纪足够当我父亲了),可当你兄长去世的时候,还是像你自己差点也死了一回。这是件很让人难受的事。丹怕热。他总待在自己房间里。斯利扎德医生告诉过我会这样。我希望宝宝可以让他开心,分散他的注意力。不过弗兰也很担心这一点。好吧。不会是我们计划的无忧无虑的夏天了。但我们能搞定的。再说火焰湖的光照和开阔肯定对丹有益处,或许还有助于缓解他的问题。

丹的笔记本

这湖就像在爆炸一样……

斯利扎德医生,在爸爸死了之后他和我有次长谈,他向我保证我能**洞察**自己的状况。我有**洞察力**:我知道自己有病。某种意义上这对我来说是条新闻——可是你怎么可能在感觉到我的感受后还不知道有什么出了问题吗?可就是有得了我这个毛病的人没有**洞察力**。他们感觉到了我的感受却觉得没什么。爸爸就没有**洞察力**。

目前,因为我在吃额外的药,我总待在自己房里。我冷静感受着副作用:舌头突然发紧,没有来由的脸红,一阵一阵的恶心,鸟啄一样尖锐的头痛。所有食物吃起来都一样没有味道,发干又没有味道。**情感缺失**也如预料地出现了——而且我能发现,依靠我的**洞察力**,这种症状比以前更明显了。还没有准备好面对酷热,我坐在房间里听宝宝无助的哭声。宝宝看起来倒是够可爱。所有的宝宝都够可爱：他们必须可爱，从进化的角度说。他们告诉我她的名字是**哈丽雅特**，或者哈蒂。

我很感谢内德叔叔，也感谢他的新妻子弗兰西丝卡。她年轻，丰满，皮肤黝黑。我知道外面有九十多度可她真的应该多穿点衣服。在某些角度的光照下她有绒乎乎的胡须。她个子不大但块头不小：上下横竖都是 4 英尺 11 英寸。她自己就像个宝宝。我读过不少有关精神分裂的书。或者，如果你更愿意这么说，我阅读的范围很窄但读得很深。我读过斯利扎德医生的著作《精神分裂》，大概四十或者五十遍。我出门都会带上这本书。斯利扎德没有讨论多少关于精神分裂者的性欲问题，因为很明显，这没什么好说的。它可不是什么热辣的场合，精神分裂这个圈子。几乎没几个人能打上炮。

这座木棚一样的舒服的屋子背后有一片森林，明天，我也许会去走走。现在这片森林看起来还是太幼稚太有自我意识了。绿色的植被太绿了。木头也太木了。因为湖面上灼热的闪光，还有水黾在上面像质子一样游戏，这个湖——这个湖就像一次爆炸，像它在爆炸之前最后的那个瞬间。

内德的日记

7 月 19 日。虽然丹不是什么麻烦，也算是非常好管的，但我不得不说，个别时候，他还是差点就拖垮了我们的耐心。不过这问题不大。耐心是种活动，不是种状态。你不能指望自己就**会有**耐心。你要努力培养它。你要强化它。吃饭的时候似乎是我们最需要耐心的时候。我们得鼓起全部的耐心。可怜的丹吃饭很困难。他的嘴似乎干得令他痛苦。他嚼得很慢，仿佛要永远嚼下去。悬念凝固如铅笼罩着整张餐桌，我们等待着每一口仿佛永远咽不下去的食物从他嘴里消失。给他一片流淌多汁的蜜瓜，最后也会在他嘴里变成树皮。弗兰和我不得不用各种疯狂的对话——我们**什么**都说——好替这个小子掩饰过去。而且尽管他在吃额外的药，他的哀伤药片，但丹不是行尸走肉。我有时候倒希望他是，可他不是。他都明白。他脸红的样子真是值得一看。早上我给处里的斯利扎德医生打了电话。他说丹过几天就会好转，就会开始交流的。弗兰担心丹看宝宝的样子。我其实更担心哈丽雅特。如果你能相信——或者吸收——你在报纸上读的东西，明显现在是公开狩猎宝宝和儿童的季节了。人们似乎突然就觉得可以对他们肆意妄为了。她在这里当然是安全的，可还有婴儿猝死症这个玩意儿，它就是有人编出来让家长一点儿都不能安心的。每天早上我听到哈丽雅特哭泣或者嘟哝的时候我就想——真棒。她还活着。弗兰担心丹看宝宝的样子。我告诉她他看什么都是那样——他看我，看墙壁，看蜻蜓，看火焰湖。

丹的笔记本

日子又热又没有尽头。

鱼在做鱼该做的事。它们摇摇晃晃游泳,然后浮上水面吞掉等在那里的虫子。那些虫子很配合:它们遵从这种安排。内德做内德该做的事,弗兰也一样。至于那个宝宝,至于哈蒂,哦,我暂时保留自己的看法。

昨天晚上我又把一出好戏加到了自己壮观的原子梦保留剧目单上,那些都是我关于超级核灾难的梦(叫它们**噩梦**几乎已经无法形容它们的恐怖了)。最后一个平民正在跑过最后一片平原被最后一个飞行员开着最后一架飞机带着最后一个核弹头追逐着。这两个最后的行动者用同样的速度在运动——这是突破常规关键情节(逃跑,奇怪的延迟)的有趣变化,那架飞机感受到了噩梦带给人类的如金属疲劳般的全部痛苦。最后一个平民踏着歪歪扭扭的绝望步伐奔跑。最后一个飞行员穿过重重浓烟跟踪他。我说不清我是最后的平民还是最后的飞行员或者干脆就是最后的观察者,不过这都不重要,因为一切都会消失,在最后的闪光巨响和灼热闪光,在最后一次喷薄出的强光的羞辱之后消失。

内德叔叔比我父亲小二十岁。同时他又比弗兰西丝卡大二十岁,他的这位新妻子。她一看电视就是好几个小时,只要电视开着她就在那里。她会读那些蠢杂志里的蠢故事:伊丽莎白·泰勒如何克服她的酗酒问题啦;雪儿的房子真的闹鬼啦;肯尼迪总统安然无恙地活着,还和巴迪·霍利一起住在氪星上啦。弗兰和宝宝一起趴着整天听流行摇滚。那种**音乐**——它一成不变的愚蠢:关于个人成长的歌。一身棕色肉的弗兰西丝卡占了不少地方。她硕大无比。她淹没了整个房间。不用说,内德当然没法满足她。她生了一个宝宝,但她很快就会想要更多了。

就和大多数精神分裂者一样,我是在冬季出生的。很多人都对这种季节性分布感到困惑。有了**洞察力**之后,原因就显而易见了。秋季和冬季是精神分裂的人最难受的时候。他们在秋天和冬天特别精神分裂。只有到了三月或者四月他们才会想做爱。只有到了三月或四月他们才想要制造精神分裂的宝宝。

爸爸是个胖精神分裂者。我是个瘦的,到目前是。他有足够**多的缓冲组织**于是可以正常生活——表现得还很好——很长时间。他精神崩溃的次数不多,间隔也长。但最后一次崩溃让他崩溃了。自杀。我从来没想过自杀。我从来不。我甚至从来都不会去想到它。它就不是一种选择。爸爸是个物理学家,算是吧。我也要当一个。他研究的是亚原子领域。我更喜欢射电和X射线天文学、宇宙学还有天体测量——更喜欢星星。我现在就能看到它们,坐在装了推拉门的门廊上写下这些字:那些天体,如此庄重,如此沉重,如此令人敬畏地刺绣在时空的布匹上。

我现在可以坐在外面了,坐在阴暗的地方,常常一坐就是一个小时。感觉就像在呼吸火焰。小宝宝哈丽雅特裹着尿布,在地上的树枝和树皮碎片、在松针铺成的地毯上呼扇着胳膊走来走去。有时这位宝宝会在她的宝宝计划中暂停,然后我们一起眯着眼睛看着湖中的重水,听着环湖森林里的昆虫发出的背景辐射。

内德的日记

7月22日。对的没错——进步,绝对好转了!我们还不能放松,当然了。我不会说他是无忧无虑的乐天派了,但至少他看起来没有那么像弗朗茨·卡夫卡或者伊万·伦德尔[1](没错,伦德尔,就是他面对自己的死敌连输两盘而且第三盘还零比一落后时的样子)。他会到外面来,他在笔记本上写写画画,他长长的脸颊上有点血色了。在饭桌坐下露出笑容也不再像几天前那么困难了。弗兰放松多了,虽然有点发晕,其实我们都有点,因为我们正在经历高温(宝宝盯着这无尽的热浪仿佛她

---

[1] 著名捷克裔美国男子网球选手,曾连续270周排名世界第一,绰号"暴君伊万"。

不相信这是真的）。我们再也不觉得，比如说，需要躲进卧室了。没错，还是有很多奇怪的地方。那小子全身都是被蚊子叮过的痕迹。他看上去就像在出麻疹一样。那些蚊子好像特别爱叮他，它们根本不来烦我们其他人。有次我在湖岸边从他身边走过，我发现有五六个小王八蛋正耐心地趴在他脸上吸着血。弗兰说丹身上有股味道，倒不是难闻的臭味，就像是碰伤了的水果发出的味道（他父亲身上也有这种味道，有时候），也许就是那种味道在吸引虫子。我问他要不要点驱虫剂什么的，可他只是笑着说——没事，内德叔叔，不是什么大事，我会躲开它们的。你看，他吃的那些药品和化学物质弄得他如此麻木，他甚至都感觉不到蚊子叮咬了。他感觉不到疼痛……他看起来很喜欢哈丽雅特，我们都喜欢。也许哈蒂能让他好受吧。我必须说她就是人梦寐以求的宝宝。这么晚才为人父——啊，我很知足。不久以前我还什么都没有。现在这里有两位小宝宝了。父爱真是奇怪，还令人恐惧。我爱弗兰是因为她的个性。我爱哈蒂是因为她的生命。我什么都不图她的，除了她的生命。我就想要她活着。我情愿为此而死。我就想要她活着。

丹的笔记本

不，我不觉得我有比现在更冷静的时候。

那是简单而勇敢的一步：昨天我停掉了所有的药，不光是镇静剂，大剂量的维生素——还有抗精神病药都停了。斯利扎德要是知道了会发疯的。但斯利扎德永远都不会知道。我正在清除自己受到的外在影响，彻彻底底。从现在开始我将只依靠我的**洞察力**。我已经能感觉到我的症状在围堵我了，它们在寻找一个缺口，要把我找出来。有些症状真的非常奇怪，或者如果不是我有足够的**洞察力**的话，它们本来会是很奇怪的。

让我来举个例子。今天下午我正躺在起居室的地板上，看着吊扇扰动橡条上的蜘蛛网（围在我四周的，你知道的，是湖畔生活常见的家具，就是那种简陋的陈设，湿漉漉的盐分，渔具，虫子的尸体在纱窗上描绘出图形）。在熟悉的一连两下的挪动声的预告下，手步声，膝步声，小哈丽雅特从厨房里爬了过来。她停住了。我转过头。宝宝露了一个贪婪的认出什么的微笑，我猜她大概离我 15 英尺远，当她"就在我眼前"开始变大的时候，一秒钟之内她就有五岁小孩大了；又再过一秒钟她已经赶上猪的个头了。我躺在那里看着她膨胀成马戏团的巨胖女人，她的脸长得比身子还快，直到最后脸挤满了整个房间，填满了我的视野，直到它似乎要冲破房子了。害怕？其实没有。常见的**大小恒常错觉**[1]。宝宝不过是朝我爬了过

---

[1] 大小恒常是指人在看物体时虽然物体在视网膜上成像的大小会因为距离不同发生变化，但是人感知到的物体大小会在一定范围内保持恒定。

来而已。我们的鼻子几乎要碰在一起了,我仿佛透过鱼眼透镜在看她大理石纹的眼睛、她储存食物的脸颊、她刚冒头的牙齿,还有她的耳朵,半透明的,像在阳光下闭起来的眼睑一样闪光。

爸爸是核子时代之父其中的一员。然后,等那个东西出生之后,他又成了它的儿子,和其他所有人一起。于是爸爸真的把父父子子这整件事弄得很奇怪。首先他是那个东西的父亲,然后他又成了那个东西的儿子。很明显可以预见这样的反转会带来巨大的扭曲和畸变。

他研究的是运载系统,弹头分配器和核弹头技术,多目标重返大气层载具——MIRV[1]。我的尿里有蟾毒色胺,一种最先从蟾蜍毒素里分离出来的物质。蟾毒色胺在某些测试里会变成粉紫色。我在幻视的时候,我的尿里就会有更多的蟾毒色胺,更多的粉紫色。今天晚上我会把我所有的药都倒进火焰湖,然后就靠自己了。明天,也许吧,既然弗兰已经不再整天拉着内德叔叔去他们房间里做爱了,我会告诉他们关于宝宝的真相。我会向他们揭露宝宝的真相。同时我会盯着湖水的光亮和闪光,盯着粉紫色的变成了多药片容器的湖。

---

1 即上文"多目标重返大气层载具"的英文缩写,指可以携带多个核弹头的火箭。

内德的日记

7月24日。天气没有任何变化。丹继续表现得非常好。他有一阵阵躁动和忧郁——但谁又没有呢？不，他要快乐得多，多得多了。那些同处一个屋檐下你每天会有二十次的偶然碰面再也不是礼貌得让人不安的事情了。我很高兴见到这个小子，他也很高兴见到我。我们把宝宝放回了她的房间里，就在丹的隔壁。她可真是个能睡的小家伙（一晚上睡十二个小时，白天还要打盹!），当她在凌晨真的醒过来时，她只会嘀嘀咕咕地和自己说会话然后又睡过去。这不会打扰到丹。然而炎热会。不光没有变凉反倒还越来越热了。有人拇指一直摁着温控器不放。弗兰对付这种天气的办法就是洗冷水澡还要一天下水十五次。除此之外她就在那个电视、广播还有彩照的青春世界里懒洋洋地挪动。其实她对那些垃圾的好胃口令我感慨。管它的。这年头连《先驱论坛报》读起来都像惊悚小报了。也许全世界都在变成垃圾。丹不愿意下水。他坐在风扇底下。我现在可以和他聊他的问题了——他面对现实的时候会出现的问题。最后我也终于有空来解决**我的**一堆现实问题了，水泵，屋顶，化粪池，松掉的纱窗，破烂的吉普车（我打算把号牌摘下来拿它当拖拉机用）。我让丹帮我把木料从火鸡棚搬到储藏室里。

他整个下午都在跑前跑后，堆木料一直堆到手指流血。

丹的笔记本

非常有可能弗兰察觉到了我还是个处男。

否则我要怎么解释她的行为？她光着屁股在躁动的湖里游泳，还一定会让我看到。我还走进浴室看到她赤身露体地躺在那里；有那么一会儿她还假装没注意到我；然后她让我走开但任何遮挡一下自己的动作都没有。她沉重的肉体在水汽里闪耀着更深的棕色光。她给宝宝喂奶的时候就在我面前。

弗兰西丝卡明显觉得她要肩负起为我启蒙所谓神秘性行为的责任。她故意很早睡觉，而内德叔叔很快就不得不跟着也去睡了。大多数夜晚他们都在彻底的安静中做爱（有可能是她坚持要这样，为了让我猜个不停），但有一次，当我跪在他们卧室门口时，她失控了还公开用她疼痛和渴望的呻吟来试探我。所有这些复杂情况都让我更难以向她揭露宝宝的真相。

在研究所里的时候，爸爸有个苏联朋友，当他喝了一两杯之后。（每个人喝点酒都能唤起一场情感风暴，在研究处那里；斯利扎德领导着一支很大的队伍）。不论他们什么时候说再见，面对面或者打电话，他们总是用同一种方法结束。爸爸："宝宝都去死。"安德烈："你的宝宝也都去死。"爸爸："你宝宝的宝宝也都去死。"安德烈:"你宝宝的宝宝的宝宝也都去死。"就这么继续下去。这大概是种笑话。毕竟人人都拿自己的工作开玩笑,连投身人类灭绝事业的人也是。他们这么说是为了释放压力。为了保持理智。

我是个精神分裂者,我的想法不管怎样都是疯狂的(我知道这点,用我的**洞察力**),然而现在到处都是疯狂的念头,而至少我的疯狂都是我的,不是人造的,像弗兰西丝卡的一样,全都是小曲小调和谎言。内德叔叔随随便便就认定我有个现实问题。什么?**现实**才有个现实问题。现实根本就完全失控了,它可能做出任何事情,随时都可能。它就像这个湖一样,随时准备爆炸。内德会彻底明白这一点的,等我告诉他——我很快会告诉他的——宝宝有精神分裂的时候。

内德的日记

7月27日。本森·霍洛韦说他愿意出150美元买那辆吉普,我半心半意地有点想接受。如果我卸掉车牌只在我家地里开,那么我就不用交税或保险——可那辆老破车还是在烧钱。这种天气里它五分钟就会过热,然后就开始咕噜咕噜响地漏油冒黑烟。就从城里开回来这点路你基本上都得把头伸到窗外去开车。不过本森是个精明的混球,他为什么会感兴趣?可等到明年夏天这个时候，我就得花钱雇人来把它拖走了。算了，我要接受他的150美元然后找找别的更实用的车。母女状况都很好（弗兰困今兮的，哈蒂闹嚷嚷的），而且丹完全没有惹麻烦。太阳可真的是在发威啊。你抬头看看你就会想——太阳可是真的在发威啊。太阳真的是在发核威。

丹的笔记本

诡异的是，或者至少是令人惊讶的，太阳的能量其实来自弱核力[1]。

它的能量来自粒子衰变。如果你想见证核聚变，那抬头看一眼太阳吧。啊，可你不能这么做。就算隔了九千万英里远，它还能伤到你的眼。一次热核爆炸可以生成比太阳核心还高得多的温度——或者比宇宙任何地方都要高的温度，除了恒星爆炸这样的短时现象之外。有一次在研究所里的时候，爸爸给我看了一段录像，一颗铁球暴露在这种超过恒星的高温的几分之一的温度里。它化成了水，还在冒泡泡，就像水烧开了一样。现在湖面看上去就像烧开的铁水，因为太阳日复一日地在向里面投放着热量。

---

[1] 自然界四种基本力的一种，亚原子粒子的放射性衰变即由它所引发。

哈丽雅特，他们告诉我，是一个早产儿。那她绝对把失去的发育时间都找补回来了。很多人都相信精神分裂是青春期后期才会发作的。他们错了。婴儿在只有八周大的时候就可以表现出精神分裂症状了。哈丽雅特现在已经八个月大了，她的情况已经非常严重了。我很遗憾地宣布她基本上就是一个经典的病例。

感觉器官偏好异常。如果你给她一个摇铃或者一个玩具或者一个别的什么东西，她会做什么？她摇一摇，闻一闻，然后塞进自己嘴里。就这样，拒绝了视觉和听觉这样的高等感官却偏好触觉、味觉和嗅觉。

重复而刻板的行为模式。很久很久而且没有任何意义地，她会用自己的手掌拍打各种平面。她非常悲剧地不能从自己的失败中汲取任何教训。在她嘟嘟囔囔的时候，她喜欢随机发出一组同样的噪声——然后又把它们全都忘了再重新开始发出新的声音！

空间深度认知障碍。宝宝表现出了行动障碍的早期症状。她一直不停地摔倒或者撞到东西上，因为对她来说空间关系是不稳定而且一直变化的。

运动状态规律性缺失以及突发的人格突变。很经常的，弗兰要给她换尿布或者穿衣服或者喂她吃东西或者给她擦身体或者事实上做任何需要这位宝宝被动配合的事情时，哈丽雅特会突然抗拒。她会要不浑身僵硬要不浑身瘫软，非常典型地在僵直和过度放松之间来回切换。

我还可以继续：时间认知障碍，她常常会把幽默理解成侮辱，她突然表现出的一阵一阵的强烈依恋，还有让她无法入睡的轻度狂躁症。当然，宝宝非常清楚我就要揭露她的本质了，那就是她为什么会在晚上折腾我的原因。她非常聪明地瞒过了她父母——精神分裂常常都非常狡猾——我知道弗兰或者内德从来都没有怀疑过这位宝宝能说话。

内德的日记

8月1日。被掐了一次被打了一拳，这个月的第一次。早产四周在新年那天出生，宝宝现在有2/3岁了。加油，哈蒂……弗兰告诉了我她和丹一次非常古怪的谈话。发生的时候她在起居室里喂宝宝。明显丹突然就说了他觉得自己是个同性恋！就那么脱口而出。太怪了，这种新的早熟——他们都觉得自己突然脑子就变聪明了。弗兰问他为什么会这么想，结果丹就耸了耸肩，承认他从来没有过同性性经历或者任何类似的遭遇。他说这和他的"组织胺计数"有关系——至少，弗兰记得的是这样。而且他有天还不小心撞见了她在浴缸里泡澡。弗兰说他像只被烫到的猫一样蹿出了门。现在只要弗兰一撩起衣服给宝宝喂奶他就会去别的房间或者把椅子转过去。**他的确**会说些最该死的话，而且他说的一切也不都是那么古怪的——他很聪明，这毋庸置疑。今天早上吃早饭的时候，我边给自己扇风边因为报纸里一则虐杀婴儿的惨剧感到挠头不解，我说——这是我的问题，还是媒体的问题，还是真的最近有虐婴潮？结果丹说，"这是指数增长的，就和最近的一切一样"。因为他自己就是遗传的受害者，丹自然会认为如果你虐待你的孩子，那么，后来他们就会虐待自己的孩子。虐待会叠加。其实更像是叠乘。这没错，可从比例上来说这会有影响吗？那些会虐待自己孩子的人会比不虐待孩子的人生更多的孩子吗？我不确定这里头的数学是怎么算的，可也许那个小子说得有点道理。卖掉了吉普。125美元。本森·霍洛韦就是个狡猾的婊子养的，你永远都搞不清楚他在算计什么或者他真正的动机是什么。还是非常，非常热。我觉得太阳不能再这样继续下去多久了。

丹的笔记本

和哈丽雅特，或者哈蒂，或者"宝宝"，一样，我已经四天没睡觉了。

但是谁又需要睡觉呢？没错，我有时能到达一种离清醒而不是它的对立面更远的令人不快的半睡状态。很经常的，现在当我突然直直地在床上坐起来时，宝宝就藏在附近。我希望她能早点厌倦这种恶意的玩闹或者无聊的折磨。我的**洞察力**，虽然肯定是种神奇的工具，在这方面一点忙都帮不上。当然每当我把自己从床上拽起来，伴随着无限的痛苦和困难，然后起床去她房间时，宝宝都已回了她的小床里。她就躺在那里装作睡着了。我一连好几个小时都在监视她，但她从来没有从装睡中醒来过。精神分裂能够这么做是因为，你看，他们并不需要睡觉。而等我最后回到床上的时候，她马上就悄悄地爬过来了。宝宝正在试图让我做一件我永远都不会做的事情。

她的计划和野心都落空了，弗兰西丝卡很受伤也很疏远，还装出冷漠的样子。她全身心扑在宝宝身上，摆出女人和命运总是用的那套小心细致以及"难道你这还不明白"的样子。可以理解内德对此也很生气。他想要弗兰把我变成她的情人；他太老了，不可能指望他还能继续满足她多久了。于是内德叔叔也忽视了我，在别的地方气鼓鼓地忙个不停。一整天我都对宝宝很好，不停地求她晚上别来折磨我了。但她根本不听我的话，只是假装自己是个叫作哈丽雅特的普通小生命。在她真的表露出自己的情感时，在她带着几乎滑稽的仇恨皱眉盯着我时，他们只会觉得她只是在哭，像个宝宝一样。

他们这里的几个人似乎都爱着彼此，也许那才是我不明白的地方。内德爱弗兰，弗兰爱哈丽雅特，哈丽雅特爱弗兰，弗兰爱内德，内德爱哈丽雅特，哈丽雅特爱内德。你知道吗，面对这种压抑的折磨和恶心的混乱，我有时会想象如果我不是病得这么厉害，我可能会感觉到缺爱，感觉到自己被爱包围了。

我就会因为渴望爱而生病。爸爸不在了,而我母亲,这么说吧,她的存在一直是因为缺席才变得显眼的。我就会因为渴望爱而生病。因为说起在这里开展的爱之球赛,我输了,我惨败了,0比6,爱比6,爱比6[1]。

就算我有时间认知障碍我也知道我会花好几个小时琢磨围绕湖面的防火道。**洞察力**。我会跨过去吗?虫子和森林里的动物一起发出了一种巨大的噪声,就像一扇巨大的门轴没有润滑好的大门永远在慢慢合上,在我前面合上,在我后面合上。憎恨我的还有那些在火焰湖上空警戒的凶猛又美丽的蜻蜓。

内德的日记

8月5日。丹和宝宝在一起的时候态度有点生硬或者有点公事公办的样子——不过异常的温柔。每次哈丽雅特——她很高兴见到丹——坐在高椅子上朝他伸出双手时,他都是一脸谨慎地弯腰把她抱起来,他还表现出了笨手笨脚的人那种额外的小心,在她腋下试探直到找准了平衡之后才把她朝上高高举起,生怕伤到了她的小关节。出门去烈日暴晒的湖畔时,当宝

---

[1] 原文此处使用了网球的计分法,在网球赛中零分报分读作 love,与英文的"爱"拼写相同。

宝在那里用膝盖爬行或者往嘴里塞上帝才知道是什么的东西或者快速朝水面爬去时,丹总是在那里皱着眉头守着她,从来不会让她走出自己的视野。我注意到他会和她说很多话,那挺好的,因为我不会这么做。哈丽雅特可喜欢他了。这看上去美极了。弗兰和我想不出比和一个刚刚开始认识世界的宝宝在一起更自然的疗养,或者更简单的赞美生命和生活的方式了……我想不清楚这种"指数式"变坏的事情。也许就是这年头每一种破事都更多了。那件四岁小女孩和他的继父、继父的兄弟还有继祖父的案子让我非常不安。每天晚上他们——不。很明显我们不能想象发生了什么。但我们可以想想这个:那个孩子大大的眼睛睁开然后聚焦的样子,此时那些男人中的头一个正走进房间。我还以为要变天了。错了。明显我们还得继续忍受这种酷热直到时间的尽头。看到本森·霍洛韦开着吉普从城里飞驰而出。他肯定开到了65迈。丹又开始被蚊子叮了。

丹的笔记本

只有蚊子爱我。只有蚊子爱我的血。

我写完这几个字抬头一看,纱窗的另一边就有八九只蚊子挤成一团,离我两英尺远,摆成了我脸的轮廓,清晰得就像群星在北极附近的天穹里勾勒出天龙座的喷火巨龙一样。它们在等待。很快我就会走向它们了,我的小可爱们。它们在我的**大小恒常错觉**的帮助下变形,在远远不到一秒的时间里,它们会从恶心的小黑点变成鼻头上长角的蜂鸟,落下来吸吮(热追踪,血追踪)我毫无遮挡的脸。

湖的反应堆要到临界状态了。宝宝问我还在拖延什么。

"酪胺,"她一般是这么开始的(在一连好几个小时呼唤我的名字之后),"蟾毒色胺。血清素。吡咯。蛇根碱。亚精胺。酪胺。"

晚点的时候我抬起来头来,"宝宝"就站在我床前。眼泪刺痛着我脸上被蚊子叮过的地方,我求她悄悄回自己的房间里,不要再继续这个令人痛苦的实验了,然而她的眼中闪烁着精神分裂的灼热闪光告诉我,我们将如何——一起——用火焰结束我们的试炼。她想要我带她出门,去到火焰湖沉睡的核弹头里,就这样终结这伟大的悬念。甚至就是现在,在黑夜的死寂中,我们俩都清楚,湖水会像地狱的沥青一般漆黑沸腾,在天上,星星发出的轻子[1]小心地包围着等待的地球和它的强核力。快到天亮的时候她离开了我,临走前还警告了我。但我知道今天晚上我就必须做决定了。

我觉得最残酷、最不合理的就是在白天,当我们本可以更

---

[1] 一种基本粒子,不参加强相互作用(即下文的强核力),最为人所知的轻子就是电子。

理智地讨论问题时，宝宝就躺在那里发笑假装自己是个宝宝。

内德的日记

8月6日。我应该鼓起勇气回忆起尽可能多的细节来描述今天的事。我8点起床煮了一壶咖啡，弗兰是个爱赖床的人，自从生了宝宝之后。明显丹还没有起来，这让我有点惊讶——他通常会在厨房里耐心地等。我喝了一杯咖啡，望着火焰湖。也看着变化不定的天气。水面上笼罩着浓浓的雾气，无色的水面上四处是一团银色或一团金色。我记得我在想：原来这个湖是一发哑弹，一发咝咝作响的失败——它永远不会彻底炸开的。我打开了丹房间的门，咖啡杯从我手里掉下去碎掉了，一点响声都没有，当时感觉是。床单和窗帘都被撕成了一块一块的，撕成了碎布。当我站在那里四处打量时，我能感应到巨大的暴力，被压缩和控制的暴力——每件东西都被挤扁了、压缩了、扼杀了、压紧了、内爆了。没错，木头的桌面上还有咬痕，深深的咬痕，墙上还有长长的抓痕。我一到屋外马上就看到了他瘦削的身体，脸朝下趴在浅水里……我叫醒了弗兰。我给格罗夫斯警长打了电话。我给斯利扎德医生打了电话，他被吓到了但完全没有表现出意外。然后我们解决了整件事情。幸运的是看起来宝宝把整件事情都睡过去了。她很好，吵闹声似乎也没有吓到她。她只是会时不时地四处看，一副在找人的样子——在找他，在找丹。耶稣在上，那个可怜的，可怜的小子。他到一月才满十三岁。

我不知道什么出了问题。我刚刚读完了丹的笔记本，在把它交给所里的斯利扎德医生之前，这是所里要求的。我觉得自己是个蠢货，一个老蠢货。我缺乏——我缺乏洞察力到了犯罪的地步。还有什么别的吗？我刚读完了丹的笔记本，而我脑子里所想的却全都是一个古怪的念头。昨天早上，吃早饭的时候，丹就坐在那里。他一边喝果汁一边盯着麦片包装盒的背面看。还有什么是更……还有什么更自然的吗？我自己还是个孩子时就常常那么做：玩具飞机设计图，剪下来邮寄回去的比赛，笑话，华夫饼和曲奇的配方。可现在是什么？在高纤维麸皮麦片盒子背后印的是预防癌症的饮食指南。在半加仑均质化的，经过巴氏消毒的，强化过维生素 D 的牛奶盒背后是两张在笑的孩子的大头照，失踪的孩子（你见过他们吗？）出生日期，1979 年 7 月 7 日，身高，3 英尺 6 英寸。头发，棕色。眼睛，蓝色。失踪了，也被人想念着。我打赌——啊，肯定就是这样的。被搞死了，可能是，被侵犯过了然后扔到不知哪里的墙后，被侵犯过了然后杀掉了，对，那就是最有可能发生的事。我不知道是什么出了问题。

时间症

2020年，**时间**症大流行。至少在我的信用分组是这样的。你的也一样，朋友，除非我猜错了。再也没人还能分心想别的任何事情。甚至再也没人假装去想别的任何事情了。啊没错，除了天空，这是当然的。可怜的天空……它是真的。它是个问题。我们都在想着时间，感染了时间，得了时间症倒下了。我还好，我猜，至少现在这个时间还好。

我拿出了我的手镜。现在人人都至少会带一个手镜。在高速火车上你能看到一车厢一车厢的人都在紧张地弯腰检查自己的发迹线和眼眶。空气里的焦虑电光四射，就像我们头上紧绷的电缆一样。他们说更多的人是因为时间焦虑生病而不是因为时间本身。可只有时间才会要人命。这是个问题，我们都同意，是一个明确的特征。你要怎么切换话题，当只剩下唯一一个话题的时候？没人想谈论天空的问题。他们不想谈论天空，这一点我不想责怪他们。

我掏出我的手镜检查了自己十秒：牙龈更萎缩了，左眼睫毛计数。我感到很高兴，甚至还小心走进厨房开了罐啤酒。我吃了一个**潜水艇三明治**，还有一个**火腿沙拉**。我又点了一支烟。我打开电视按到了心理治疗频道，看了一部七十年前的纪录片，讲的是一个叫奥平顿的地方的道路拓宽计划，那个地方在海那边的英国……无聊据说是非常好的预防措施，在预防**时间**方面。我们都被建议要尽可能多地体验无聊。让别人感到无聊据说比让自己无聊更加有益健康。这就是为什么当我们聚会的时候大家都提高了嗓门不停地说着任何脑子里刚想到的事情。我，我把所有时间都用来说关于**时间**的话题：一个莽撞的习惯。听我在说什么。我又开始了。

门禁电话响了。屏幕从心理治疗转到了通话界面。没有图像。"是谁？"我问电视。电视告诉了我。我叹了口气，选择了暂停通话半分钟。令人平静的音乐。让人无聊的音乐……行吧——你想听听我是怎么想的吗？现在有人说**时间**是因为堵车、空气污染，还有城市生活造成的（城市生活就是这年头唯一的生活了）。别的人则说**时间**是第一次核冲突的结果（有限战区，波斯[1]对巴基斯坦，扎伊尔对尼日利亚，等等等等，不是什么真正的大事：他们挨了高温和闪光，我们挨了寒冷和黑暗；它倒是帮忙把天空给干掉了，核冲突这事），尤其是紧随核爆的饱和电视报道的结果：一整天屏幕上都是抽搐的肉体，

---

1 伊朗的古称，后文的扎伊尔是1971—1997年间刚果民族共和国的国名。

正在死去或者苟活的肉体，都表现出古怪的衰老状态。还有别的人说**时间**是人类进入宇宙之后的进化结果（他们不应该上那儿去，尤其是在地上的情况还一团糟的时候）。**食物**，色情片，癌症疗法……我，我觉得20世纪才是罪魁祸首。只需要20世纪就够了。

"你好呀，嗨皮，"我说，"有啥新闻？"

"卢……"她声音疲倦地说，"卢，我感觉不是很好。"

"那可不是新闻。那是旧闻了。"

"我感觉不是很好。我觉得这次是来真的了。"

"行吧，肯定是。"

哦，这是嗨皮·法拉第。没错：那个电视明星。嗨皮·法拉第。喔，我们是老交情了，嗨皮和我。

"让我看看你，"我说，"快点，嗨皮，给我把图像打开。"

屏幕依旧是一片空白，它死掉的细胞似乎在蠕动或悬浮。一时冲动，我从通话界面转到了日间剧场。那就是嗨皮，整张脸对着摄像头，活灵活现地演着她该演的东西。我又转了回来，还是没有图像。我说：

"我刚在另外的频道上看了看你。你状态好极了。你是什么情况？"

"它来了，"她的声音说，"是**时间**。"

电视明星尤其容易得**时间**焦虑——也容易得**时间**，必须得说明。为什么？我觉得我面对的是个职业病。它真的是个问题。没错，他们的工作不能更无聊了。没有多少人知道这点，但现在扶手椅剧场、日间剧场，还有舞台剧场频道里的角色都得自己写自己的台词了。这是个新花样，为的是提高自然无序感，削弱连贯性之类：那些观众研究专家已经证明这样更容易被那些困在家里的人接受。再说了，所有的写作人才都去搞游戏创意或者群体心理治疗了，安抚那些失业的还有其他正在停止做一个有用的人的人群了。有大把的钱可以挣，搞休闲和抚慰产业。出色的作家就像芯片革命早期那些十来岁的亿万富翁一样。反过来说呢，挣钱——就像阅读和写作一样，说起来——会非常危险地提升你的**时间**焦虑程度。这很明显。你的钱越多，你就有越多的时间来担心**时间**的问题。这是真的。嗨皮·法拉第就是有顶级信用评分的人，她也承受着在电视上出名的重担（上百万人都认识你或者觉得他们认识你），那种集体同情、认同，还有关心，我怀疑会严重地削弱你的**时间**抵抗力。我已经开始整理一份关于这个问题的参考资料了。我开始觉得它是一种双向的症状，一种新的……

我在哪里？哦对。在这里和嗨皮通话。我的脑子喜欢到处乱跑。请忍受一下。这样有帮助，在对付**时间**这方面。

"好吧。你要不要告诉我你有什么症状？"她告诉了我。"给医生打电话，"我开玩笑说，"行了，放过我吧。这是——第几次了？今年第二次？第三次？"

"这次不一样。"

"就是那个新角色的问题。嗨皮。都是那个问题。"在日间剧场的新连续剧里，嗨皮演了一个套路角色，一个时间焦虑非常严重的美艳的四十来岁女人。而这个角色让她紧张了——她当然会。"你知道我会怪什么吗？怪你的天才！作为一个女演员你太他妈厉害了！格雷格·布茨哈特和我都……"

"省省吧，卢，"她说，"别再说废话了。是真的。是**时间**。"

"我知道你想要做什么。我知道你想要做什么。你要让我开车去你那边。"

"我会付钱的。"

"不是钱的问题，嗨皮，是时间的问题。"

"走美元车道。"

"喔，"我说，"你是，你这次肯定是来真的了。"

于是我就站在了路肩上，等着罗伊把我的"牛虻"从车库里开出来。能怎么办，嗨皮是我的老朋友，是我最大的客户之一，还是我的一任前妻，我必须尽到责任。在外面有那么一会儿我都不确定现在应该是什么时间，或者我手头的麻烦是个白天的状况还是夜晚的状况——不过一会儿我就看到了太阳微弱的颤动和闪烁，在东方的天空。浓稠的绿光从破破烂烂的对流层里漏下来，那里的洞多得就像丝绸或者网袜一样，光看起来还有点像液体，搅动，变化。绿灯：绿灯行……上周我自己也结结实实地吓了一跳，非常糟糕的恐慌。我和达努特一起躺在床上，我们本来准备试试看做爱的。我知道，愚蠢的想法——可那天是她生日，而且那天晚上我们还磕了不少镇静药。我碰巧不相信做爱是像某些人说的那么危险。照某些人说的，你会以为性爱就是结对自杀。拉拉手就会让你命悬一线。"看看那些下层人的时间病死率数据。"我会这么告诉他们。他们像明日不会来临一样在干，结果他们有得了**时间**吗？没有，只有我们这些信用分高的人才真正有危险。就像我和达努特。就像嗨皮。就像你……不管怎么样，我刚说到，我们一起躺在床上，半裸着，讨论着要不要搞点前前戏——突然我感觉一阵玫瑰色的荧光从我身上冒出来，像出汗一样。有这么一种堵塞起来内部热量，一种滞重的热量，里头包含着什么无限的东西，就在我的存在的最核心的地方。嗯，我慌了。你总是会告诉自己要勇敢，要有尊严，要冷静。我哭嚎着跑进了浴室。我一把拉开了三折镜；自动扫描光卡啪一声亮了起来。我睁开眼睛盯着看。我就站在那里，等着。没错，我没问题，我安全了。我无法控制自己了，放松地哭了起来。过了一会儿达努特扶我回到了床上。我们没有再尝试做爱或者之类的事情了。**不可能**。我感觉太他妈好了。我躺在那里擦着眼睛，如此高兴，如此感激——又恢复了自己的老样子。

"你经常干女人吗，罗伊？"

"先生？"

"你经常干女人吗，罗伊？"

"有几个。我想。"

罗伊是个认真挣钱的年轻人，弯着腰，留着大八字胡那种。他似乎有非常沉重的责任；他甚至把子弹带紧紧绑在身上，像是某种疝气带或者脊柱支撑带一样。那就是信用分B级的样子，缓冲阶级的样子。很快，他们预测，整个社会会平均分成三个阶级。B阶级的人会全身心保护A阶级免受C阶级的侵扰。我就是A阶级，我很高兴罗伊和他的小伙子们是站在我这边的。

"先生，您今天要开车去哪里？"他边把我的车卡递给我边问。

"翻山越岭去很远很远的地方，罗伊。我要去见嗨皮·法拉第。要捎话吗？"

罗伊看起来很苦恼。"先生，"他说，"你必须告诉她邓肯的事。公寓楼里新搬来的那个家伙。他有酗酒的问题。嗨皮·法拉第现在还不知道这件事。邓肯，他放火烧东西，因为他脑子有问题。"

"他脑子有问题，罗伊？这有点过分吧，罗伊。"

"好吧。我不是想做任何的价值判断。或许因为，比如当他还是个孩子时或者别的什么。但是邓肯有酗酒的问题。那就是真相，戈德费德先生。而且嗨皮·法拉第现在还不知道这件事。你必须警告她。你必须警告她，先生——现在就得说，要不就来不及了。"

我看着罗伊英俊的、恳求的、无比愚蠢的脸。热忱的眼睛、抖动的脸颊、八字胡。天啊,这些家伙觉得**两撇胡子**能改变什么吗?第一百次了,我告诉他:"罗伊,都是编的。那就是电视剧,罗伊。那玩意儿是她自己写的。不是真的。"

"嗯,这些我也不懂,"他摊开双手摆出一副安静恳求的样子说,"但我心里会觉得好受很多,如果你能警告她邓肯的问题。"

罗伊停住了。他多少有点困难地弯下腰去擦了擦他超级耐洗的蓝裤子上的一块油渍。他呼哧呼哧地喘了一阵气站直了。因为他还是个年轻人,罗伊当然非常胖——为了预防**时间**。我们两个站在那里看着天空,看着泄漏,看着流淌的颜料,看着这场盛大的化学背叛……

"今天很糟,"罗伊说,"先生?戈德费德先生?他们说的是真的吗,嗨皮·法拉第得了**时间**病倒了?"

路上没什么车,我还没反应过来就到了嗨皮家。交通是个问题,每个人都一直这么说个不停。但是,交通其实还行,如果你用更贵的车道。我们国家有一套五车道系统:免费、5美分、10美分、25美分和1美元(不要钱,5美元、10美元、25美元和100美元一英里)——不过自然免费车道现在无法通行,整条路都堵死了,排成了一个车队,一个堆满了破败疲惫的破车的长条拆车场,永远无法机动的一队死掉的机动车辆。10美分车道也要出问题了，要不了多久。开车去任何一个地方的问题就在于，它难以置信的无聊。还有另一个好处：自从出台了后视镜禁令之后，也没有什么机会感受时间焦虑了。他们必须把后视镜弄走，没错，先生。这件事情上我支持他们。注意力不集中是个大问题，你知道的，边开车边检查你的鱼尾纹和发迹线，一切都在同时进行。高速路上过去有种开派对的气氛，在那些开得很慢或者几乎不动的便宜车道上。人们会从车里出来到处乱搞。也许现在还是这样的，我也不是很清楚。分隔墙现在更高了，这是因为新的"无聊驾驶运动"，你也看不见到底什么坏掉了。但我**的确**看到了些有意思的东西。我没法控制自己。在安全通道交叉路口等待时，在那里就算是美金车道也不顶球用，有那么多拖车还有救护车——还有警用摩托和警车组成的无敌舰队——我看到了三个跑步的，三个时间朋克，沿着停用的货运车道稳稳地大踏步跑着，就在东高架桥上。他们就在那儿，明显得不能再明显：短裤、运动衫、跑鞋。堵成一团的车都在按喇叭，兽栏里的老怪物发出一阵愤怒低吼。好几十个警察拎着扩音喇叭试图想让他们停下来——可他们就摆了摆手然后叛逆地继续跑下去了。他们脑子有病，这些朋克，虽然我猜可能这里面有什么原因。他们还吃维生素呢，你知道吗？他们健身，他们到处乱搞；他们还办虚无马拉松。我上周在摄影棚还近距离见到一个。有个保安发现她沿着外面的旧跑道在**跑步**。他们问了她几个问题，然后就放她走了。她大概有三十岁,我猜。她看起来身材糟透了。

于是我就这样朝前开着,没有发生任何状况。可即使透过处理过的前挡风玻璃我还是能看到也能感觉到被毁掉了的天空发出的令人发指的穿刺和迸裂。它让你紧张。盯着一个像正午烈阳一样的高瓦数灯泡看 10 到 15 分钟——然后闭上你的眼睛,紧紧地,而且要猛地一下。那就是现在天空的样子。你知道,我们对此很惋惜,或者至少我是。我看着天空只会想到……啊。嘘。唉,天空,可怜的**天空**。

嗨皮·法拉第在物业中心给我留了优先权限,所以我不用在那里等很久。说真的,那些安保人员的松弛和流于形式吓到了我。总是这样的,在消停了几个星期之后。然后又是一次来自 C 阶级的狂风暴雨,接着那些法庭的令状又要到处飞了。在小隔间里我重新穿上了衣服还弄干了头发。在等他们确认我的尿检和 X 光一致性测试没问题的时候,我在小卖部里看电视。我坐了下来,小心地,谨慎地(你知道是怎么回事的,在被人脱衣搜身之后),然后从我的钱包里摸出了三张剪报。这些是准备贴到参考资料里的。你觉得如何?

第一条,来自《荧幕周刊》的新闻栏目:

在峡谷化学工作室进行了多次重复实验之后,理科学生埃德温·纳瓦斯基"证明"了热水比冷水冻结更快。埃德温说:

"我们做了四次实验。"学生顾问乔伊·布罗德内补充说:"这是个特质。我们都非常困惑。"

第二条,来自《扶手椅剧场指南》的实事栏目:

候选人黛·麦圭尔上周一在29频道购买了一个时段。她的目的:驳斥毫无根据但一直盛传不息的说她有心脏问题的谣言。不幸的是她没有能够出现。原因:她因为心脏问题紧急入院。

第三条,来自《电视杂志》的最新消息栏目:

气象飞行员拉尔斯·克里斯特报告说在一次常规的低空飞行中再次目击"天上那个东西"。位置:巴尔的摩湖上空一万英尺处。他的描述:"那个东西有点椭圆,中间有个黑色的圆圈。"这一现象据信是一团积雨云或者是孢子聚集形成的。克里斯特的反应:"我不知道那是个什么东西。它是个怪东西。"

"戈德费德!"喇叭响了起来,打断了我的思路。电瓶车就停在门口。此时在西边,核爆过的天空看起来尤其可怕,让人不安,靠近地平线的地方有种抽搐的、剥掉眼皮的眼球的效果——充血,像得了红眼病一样。粉红的眼睛。天上那个东西,我有的时候会怀疑,它也许看上去就像个眼睛,浸满了痛苦的泪水,一直盯着,充满愤怒……我挂着手杖小心地绕到了嗨皮别墅的后院。她二十岁的女儿森妮全身赤裸地躺在躺椅上，她在做雾气浴。在我一瘸一拐地走到水池边的时候，她一点遮挡自己一下的意思都没有。小森妮想让我以后当她的经纪人，我猜她是在给我展示她的本钱。嗨，就像人说的：有本钱自然该秀一秀。

"你好，卢，"她懒洋洋地说，"喝一杯吧，来吧，都5点了。"

我一边挑剔地打量着森妮，一边从她身边挤过朝吧台走去。这丫头绝对是个中折页女郎[1]的料，这毫无疑问。别误解我。我说的是**中折页女郎**，但色情行业当然没能跟上**时间**的脚步。一开始他们试着在杂志里和成人有线电视频道里塞满新女性，就像森妮这样的，然而没有成功。时间基本上杀死了色情行业，它现在只是一种地下血腥游戏或者一种朋克的消遣。时间也杀死了其他很多东西。这是个不错的中心句。现在只有自慰是唯一不带政府健康警告的性行为了，当我们在搞的时候我们该想什么呢，还剩下什么给我们想？上帝啊，你在想吗？什么样的图像会闪过，什么样的鬼魂会浮现……当这些念头会发生什么变化，当它们悬浮堆积，飘上那个被毁的、全完了的、被摧毁了的天空中？

---

[1] 中折页指传统杂志中横跨两页的大幅照片，《花花公子》等欧美色情杂志常用这种照片来登载大幅裸照。

"够了，森妮。你的袍子呢？"

在我给自己调了一杯伏特加鸡尾酒还疲倦地啃着一个扭结饼时，我注意到了森妮头上的秃斑在雾气中闪着柔光。我叹了口气。

"你喜欢我的头顶吗？"她问道，没有把头转过来，"别紧张，这是人工的。"她现在挺身坐直了，娇羞地看着我。她笑了。没错，她还动了牙齿——找山谷下头哪个四处流窜的做龅牙的整牙师做的，肯定是。我又拄着手杖走到了游泳池边然后仔细慢慢地打量了她一遍。她堆叠的肥肉和惨白的皮肤是真的没错，可她的橘皮纹看起来像是做的：太对称，太明显了。

"你现在听我说，小丫头，"我开始了，"现实是这样的。做雾气浴，一整天瘫在游泳池旁边喝一两瓶酒，腰上长点肉——这对一个女孩是有好处的。我的意思是你必须要保持身材。但是这套整容装老的花样，森妮，这是朋克才会干的。'整过老'的家伙从来没有上过我的本子，将来也永远不会。原因是这样的。第一……"我在那给小森妮好好地说教了一通，好好地让她见识了我是怎么想的。我把她逼近了无聊的墙角，我可不会轻易放她出来。我冲着她说啊说——说啊说啊说啊说啊。连我，连我自己都差点完了，因为无聊渐渐逼近了绝望（无聊就是会这样），盯着凹下去的泳池，盯着里面反射出来的天空的样子，盯着多变的背景颜色和沉积的黑雨。

"没错，所以，"我如此总结说，"先不说了。那个东西是什么？你看起来状态很好。"

她笑了，咳嗽一声然后吐了口痰。"别再提了，卢，"她哑着嗓子说，"我这么做就是为了好玩。"

"我很高兴听到这个，森妮。对了，你妈在哪里？"

"两天了。"

"啊？"

"在她房间里。在她房间里两天了。她这次是认真的。"

"哦，肯定是。"

我把酒加满了然后进到屋里。走廊里唯一的光来自镜子背后永不熄灭的扫描灯。我瘸着腿走过去在镜子里上下打量了自己。重度无聊，还有开车七小时带来的轻度焦虑对我有好处。我很好，很好。"嗨皮？"我先问然后敲了敲门。

"是你吗，卢？"这个声音听起来响亮又清晰——它还很敏捷、直接、警觉，"我把反锁的门打开但是不要马上进来。"

"听你的。"我说。我喝了一大口酒然后四处摸索找椅子。可我听到了咔嗒声然后是嗨皮干脆的"好了……"

现在我必须告诉你这两件事情让我困惑了。第一，声音；第二，速度。一般当她陷入这个状态时你基本上听不到这个女人说话，而且她从床上走到门口再走回床上至少得花一个小时。对，我想，她肯定在等的时候手是一直握在门把手上的。嗨皮什么问题都没有。这位女士好得很，好得很。

于是我进去了。她在床顶上挂了长长的黑帐子——飘荡，闪光，一张适合恶魔后嗣的婴儿床。我在昏暗中走到床头的椅子前，哼了一声坐下。一张熟悉的椅子。一次熟悉的守夜。

"我不抽烟你介意吗？"我问她，"倒不是因为烧肺。就是一直点那些该死的东西就让我烦透了。你明白我在说什么吗？"

没有回答。

"你感觉怎么样，嗨皮？"

没有回答。

"听着，姑娘。你快别玩这套无聊的把戏了。我知道新的角色还有其他的东西都很麻烦，但是——需要我再告诉你一次黛·蒙塔古发生了什么吗？需要吗，嗨皮？需要吗？你40岁了。你看起来棒极了。让我告诉你格雷格·布茨哈特上周看到剪掉的片段之后和我说了什么。他说：'风格。品位。现场感。真诚。看看收视率。看看人物报道。嗨皮·法拉第就是男人梦想的女人。'他就是这么说的。'嗨皮·法拉第是……'"

"卢。"

声音是从我背后传来的。我一下扭过头去，也感到了我脖子里筋腱的刺痛。嗨皮站在浴室投过来的一道光里，也站在她自己的丝绸睡衣映出的一道柔光或雾蒙蒙的光里。她站在那里，活脱脱就是健康之神的化身，像青春一样，还自带打光，眼睛、嘴、头发、上小下大的喉咙上的凹窝和曲线。丝裙落到了她脚边，酒杯也从我手里落到了地上，还有别的东西在我心里一沉或者说直坠了下去。

"啊，基督啊，"我说，"嗨皮，我很抱歉。"

我记得天空原来的样子，当天空还很年轻的时候——天上的披肩还有羊毛，天上的熊和鲸鱼，天上的尖角和裂痕。漫天灰色，漫天蓝色，漫天红棕色。可现在这样的天空已经没了，我们面对的是不同的天穹。某种重要的顶盖已经从我们的生活里消失了。在那上面，现在，我觉得发生了一种剧烈的转变。**时间**恐慌堆积在天上，然后又变成时间朝我们落下来。就是天，就是**天**，就是该死的天的原因。要是足够多的人相信有个东西是真的或者正在发生，那么似乎这件事就必须发生，必须变成真的。不管有多么不可能，我们生活在一个魔法的时代：贫民的魔法。灰魔法！

现在一切都终结了，现在我又回到了家里，而且正在恢复，达努特彻底回来了，嗨皮也永远离开了，我觉得我可以把一切都摊开，把真实的故事告诉你。我现在坐在窄小的露台上，身上还盖着一条毯子。透过限制我行动的围栏，落日在我面前摊开了它被污染过的奢华，满是妖精，披着披风的鬼怪，还有中天的猩红魔鬼。红色的光：让我们停下吧——让我们终结它吧。天上那个东西，当然，它可能不是上帝。它可能是魔鬼。很快达努特就要叫我进去喝汤了。然后打个盹，然后也许看一个小时的电视。心理治疗频道。我非常喜欢黄金时间的节目……今天下午我去散步了，在外面沿着路肩走。我不知道为什么。我觉得我不会再去了。在我回来的时候罗伊出现了，还帮我上了电梯。然后他害羞地问我：

"嗨皮·法拉第——她现在没事了吧，先生？"

"没事？"我说，"没事？你什么意思，**没事**？你从来不读新闻吗，罗伊？"

"当她要去澳大利亚的时候，我就好奇她是不是真的没事。我想那边对她更好。她陷到某个事情里了，和邓肯有关。那肯定是个问题。"

"那都是电视上编的，看在上帝的分上。他们把她编没了。"我说，然后感觉到一种突然的、像铅一样沉重的冷静，"她不在澳大利亚，罗伊。她上天堂了。"

"先生……"

"她**死**了，见鬼。"

"这我可什么都不知道，"他举起一只胖胖的手掌说，"该是什么样就是什么样，我只是希望她没事，在澳大利亚那么远的地方。"

嗨皮上天堂了，或者我希望她是。我希望她不是在地狱里。地狱就是黄昏的天空，我真心希望她不是在那里。啊，要怎么忍受呢？这是个问题。不，这是真的。

我现在就可以承认当时我慌了，在那个别墅的卧室里面对一道光，面对那个变了形的女人，还面对着如此迅速被脆弱和恐惧拉扯开的我的灵魂。我嚷嚷了一大通。**快躺下！给特拉特曼打电话！把你的袍子穿上！**诸如此类。"得了，卢。现实点吧，"她说，"看看我。"然后我看了。没错。她的皮肤有那种不祥的发亮的柔嫩，全身都是。她的头发——一周之前，见鬼，还和我的一样又细又没有颜色地瘫软着——现在又粗又亮仿佛会作响。还有她的嘴，天啊……嘴唇丰满又湿润，还有一条动物的舌头，就像心脏一样，不是嗨皮的，是另一个女人的舌头，更大、更贪婪、更年轻。更年轻。典型的**时间**。啊，典型的。

她要我过去和她一起躺在床上，去安慰她，去给她某种最终的安全感。我当然紧张得要死，就像你能想到的。**时间**是不传染的（关于时间的这点我们还是清楚的）可任何形式的疾病都不会吸引另一具身体靠得更近，我想要能离多远就离开多远。**出去**，身体说。然后我看到了——我在她的乳房里看到了，她高耸但沉重的乳房，它们的小尖头娇嫩，细节清晰可见，因为时间而肿大；还有那个味道，那是深深的回忆的味道，潮水一样，海底的……我知道她想要什么样的安慰。没错，**时间**常常会让她们这样，被自己缓慢而庄严的恐惧控制的我如此想到。你已经来了这么远了：多走一步，我告诉我自己。再亲密点，近点，再亲密点。为了她，为了她也为了过去的旧时光。我动了，准备好了让她享受我的头和手可以提供的一切，直到我也感觉到了自己火热线条中的燥热、肿胀，还有青春和死亡的味道。这是找死，我想，但我不在乎了……在某个时间，在最后的几个小时里，就在天亮之前，我站起来蹑脚走到窗边，抬头看着那个疼痛的、受伤的天空；我觉得自己全身是灰白的，有一阵还发出了无力的嗡嗡声，就像一个剩在挂衣杆上闪光的衣架一样，嗨皮就在我背后，独自躺在她床上，独自热辣地死去。"亲爱的。"我大声说，然后过去和她一起。我喜欢这样，我想，然后猛地一点头。我喜欢什么？我喜欢爱。我知道这是找死，但我不在乎。

我的身体很糟糕，这你得知道，在接下来的好几个月里，真的是累成一坨屎，不行了，真的不行了。我早上7点就会醒过来，然后从床上一跃而起。我会有阵发的精力旺盛。一说到**食物**，我渴望厚切的肉和浓厚的酒。我看不了任何的心理治疗节目。看了不到半个小时的家庭木工节目或者什么马拉松飞镖大赛之后，我就会在房间里不停地来回走动，疯狂地啃自己的指甲尖。我让达努特也处于危险中，有好几次。我甚至还试图对小森妮·法拉第下手，她在她母亲火化之后搬来住过一段时间。达努特和我离了婚。她甚至还搬走了。但现在她回来了。她是个好姑娘，达努特——她帮我挺了过来。现在整件事都过去了，我想（敲敲木头），我基本上已经恢复了老样子。

很快我就要用我的拐杖敲敲窗户，让达努特再给我拿一条毯子来。再晚点，她会搀我进去喝**汤**。然后打个盹儿，或许再看一个小时的电视。心理治疗频道。我现在很高兴，很乐意面对这个艳丽的折磨，面对奄奄一息的天空沸腾一样冒出来的粉刺。等天空死了之后，他们会给我们一个新的吗？今天我的答录机上有一条奇怪的留言：我得给一个悉尼的号码打电话，在远远的澳大利亚那边。我明天再打吧。或者再等一天。对。我现在没精力处理这件事。伸手拿拐杖，举起拐杖，敲玻璃，说出**达努特**——就做这点事情都会急剧加重时间。所有的事情现在都得慢慢来。我的背有个新毛病。我上周碎了一颗牙齿，咬吐司硌碎的。耶稣啊，我恨死弯腰和楼梯了。天空挂在我头顶像扯碎的网，像血红的碎布。它这样很让人安心，我很感激。我没事，我很好，很好。到现在这个时间为止，至少，我还没有表现出任何得了**时间**病倒的迹象。

可能的小狗

  这只小狗蹦蹦跳跳连滚带爬地穿过休耕的田野跑来。他来了，蹦跳着，滚爬着。就像所有最可爱的小狗一样，这只小狗有大大的可怜的棕色眼睛，摇摇晃晃的半折起来的耳朵，脖颈还有一圈圈松松的肉。**他的**[1]皮毛是种微妙的灰色（就像阴影里的银色），胸口有一片三角形的白毛，就像衬衫的前襟一样，每只爪子上都长着一丛白毛，像袜子、像鞋、像小小的护踝套！他有点胖嘟嘟的，但必须得说——他胖得很可爱。是小狗肥，不是大狗的胖法。他已经跑呀跑呀跑了一天又一天。这只小狗是从哪里来的？这只小狗要往哪里去，为什么总这么有活力？他骄傲的尾巴高高竖起，前爪欢快地伸出去，他的——哎呀！他又摔倒了。然后他又站起来，一点也不沮丧，蹦跳着，滚爬着朝着巨大的发现，朝着不凡的变化前进。当然，这只小狗可不知道他是从哪里来或者要到哪里去。但他一定会去

---

1 原文用 he 来指代，与后文另一只狗以作区别。

到自己要去的地方。

现在,在他看到之前,这只小狗或许先嗅到或是先感到了这座村庄——火焰,火焰的弯月,人类的居所。其实他的视力并没有那么可靠,盖着软塌塌、乱蓬蓬的毛,恐惧和欲望随时可能扭曲他的视线。但他看到了远处有新的东西,新的形状和规律、证据,一种伟大的显灵冲压或铭刻在这个他蹦蹦跳跳、毫无规律的世界上。小狗摔一个跟头停了下来,然后摇晃着站直了。他马上就知道他已经找到了自己的心之所向——他的目的地。在下面的环形山谷里他能分辨出走动的人影,大圈套着小圈,在它们交汇的地方,还有一个燃烧的抛物线:天鹅颈,一把镰刀,一个火焰的问号!这只小狗站在那里,嘴紧张地一张一合。他的头朝前伸着,催促小狗向前走,可他的爪子却只是互相绊着还跳起舞来。他的尾巴开始摇晃了,先是犹豫,然后不管不顾地摇动着,差点拉伤了他圆滚滚的小屁股上的肌肉。他蹦蹦跳跳地朝前跑,越来越近,越来越近,下坡穿过清晨的阴影,简直要飞起来了,他幼嫩的血液燃烧起来了——直到他看到一群人从开在矮木桩墙上的门里静静地走了出来。现在这只小狗是真的开始加速了。他朝他们飞扑过去,然后一跃到空中翻了个身,在人们脚下滑落着后背着地——四只爪子软软地举起来,尾巴抖动着,在臣服和信任的条件反射中露出了他柔软的肚皮。

可什么都没有发生……小狗在一潭困惑和挫败中醒来。倒不是说他睡着了什么的，但生活对这只小狗来说就是这样，在下面这里一切都如此激动，如此紧迫，如此突然。那些人就那样面无表情地散成一道弧线站在那里，有六七个人；有些人脸上带着恐惧，有的是厌恶；没有人表现出了善意。最后小狗哀伤地爬了起来，用恳求的眼睛抬头看着他们，他一张一合的嘴发出了一个问题。他的问题就是你的问题。他们为什么要这样对待一只小狗，他困惑的心里满是受伤的爱，一只生来就是为了揉抱和玩闹的小狗？而那些人没有答案。他们也（小狗似乎察觉到了）满心困惑，满心痛苦。希望能安慰他们，也希望只是有点误解，这只小狗又向前爬了几步，颤抖地恳求着。然而现在人们开始退开了。男人们含混地、鄙夷地咒骂着。有个女人叫出了声；还有个女人啐了一口——朝小狗啐了一口。眨眨眼，他看着他们穿过大门。这太奇怪了。这只小狗搞不懂很多东西，但它知道一点：这些人并非不善良。不，他们不是。他们并非不善良。

就这样，他一边保持着距离，一边搜寻食物（蠕虫、块根、一种特别的花、一种他的鼻子喜欢但舌头憎恶的令他沉醉又后悔的物质），还发出许多疲倦的叹息，这只小狗吧嗒吧嗒绕着人类的地方四处走动，一直到天色变暗。就当他在岩石与石缝间搜寻让舌头发痒的蚂蚁和像盖满了五彩碎糖的面包片一般的蝴蝶时，他一直满怀希望地朝围起来的村庄看去——村子本身就像个白蚁丘，满是混乱却重要的动静。在他的饥饿感得到了抚慰之后,这只小狗等待着,就在小山顶上,看着,呜咽着。尽管他很难受,但他一直怀抱着一种美好的东西、神奇的启示即将发生的强烈预感——这种预感很可能是虚妄的,因为他一直都是这么想的。那天晚些时候他发现了一个潮湿且蒸汽升腾的小丘,这个小丘发出的非常有趣的味道让他忙着研究了好久。过了一会儿,他发现自己倒在地上,无助地病倒了。这只小狗躲开了那个小丘还有其他全部有同样味道的小丘,他认定这种味道意味着危险。随着夜幕一层层笼罩不再安静的大地,他听到峡谷对面传来某种野兽粗野的号叫,不知疲倦,血腥,一种在他的头脑里和那种特别味道的危险共鸣的声音。这只小狗现在可以看到或者听到的村庄只剩下了那可怕的火,在人类的地方正中那道长长的燃烧的弧线。

那是爱,毫无疑问是爱,表现出了各种经典的症状。每天早上这个小女孩都会带上她的篮子,走过丘陵去到很远的地方,去采花,去像涂过清漆一般的溪水中游泳。她悠闲的步子把她带到了那里,非常准时(在她到那儿的时候天色总是一模一样),光着双脚,穿着白裙子。随着她走近,鲜花都纷纷晕厥过去或者嘟起了嘴。它们都想要被她采走。采我。那些花,那些奇妙的花——看它们在晨光里交头接耳卿卿我我的样子!同样,也请想象这只小狗,从隐秘的树下阴影里看出去,鼻子搭在前爪上,尾巴懒懒地摆动着,棕色的眼睛黏黏地糊满了眼屎。现在，他抬起了头（脖子突然惊讶地立起来），这时小女孩正在脱掉她的裙子，光着身子踮着脚走进浅浅的溪水里——边洗自己的胸口还边唱着歌！这只小狗叹了口气。他远远地爱上了她，这是电光石火的爱，无可言表的爱，也是满怀饥渴的爱。他愿意用所有生活中所有的色彩和痛苦——以及对危险的全部重要预警——来交换她的一次爱抚，一次轻拍，一次击打。这是种他将永远无法袒露的爱。人不喜欢他：到现在他已经知道了。在峡谷之上的田野里他已经靠近过至少好几十个人了，单独的或者成群的，尝试过各种方法和姿势（爬行、慢走、蹦跳）；每一次他的苦心表演都被彻底地指弄嘲笑——而这些表演的确是**痛苦**的，到现在已经有如此多的痛苦了。于是，尽管这只小狗身体里的每一个细胞都疯狂地催促他去加入小女孩和她的鲜花，去展示自己，去打闹撒欢亲昵拥抱，他还是躲在阴影里远远地爱着。这就是爱，不管怎么说。这一点这只小狗是肯定的：他永远不会妥协接受任何不是爱的东西。

她容光焕发地从爱抚她的溪水中爬上了岸，跪在岸边好在阳光里暖暖身子。往前凑一英寸两英寸，一英尺，一码，这只小狗一直在忠贞地守望着，叹着气，抽搐着，烧得昏昏沉沉还咂着嘴。到现在他已经是一只病得很厉害的小狗了——伤痕累累又憔悴不堪，严重缺乏每只小狗都需要的细心温柔的照拂。而且在这一天早上，他躺在那里遭受着恐惧和安心的双重折磨。暴力事件逼迫它不得不放弃了前一天的幽会；而在这只小狗混沌的因果世界里，他相信如果他没能在令人紧张的溪流边出现，那么没错，他钟爱的人也就不会出现，就永远不会再出现，会永远消失。因此，他感受到了安心的冲击，他感受到了宽慰的痉挛，当他从隐秘的阴影中窥探出去，看到她再次出现在那里时。

一切发生在前一天晚上的前一天晚上。一切都是这么发生的。这只小狗正在他平常睡觉的地方（一棵歪斜的树旁边一个有遮挡的坑里）用他平常的姿势（一种彻底放松的架势）熟睡，突然一阵响动和一股气味惊得它一下站了起来。这只小狗皱着眉头，在地表的纹理中发现了奇怪的扰动，他听到了轻微的断裂和碰撞的声音，声音在靠近。那股气味——虽然被距离冲淡了——让小狗异常好奇但同时也唤醒了他体内危险的腺体。他犹豫了，就在那多变的夜色中。虚弱至极又困惑至极的小狗实在无力逃跑，他看向自己不久前还在里面度过了美美一个小时的地洞，他抽动着鼻子，爪子刨着地，尝试发出恶狠狠的新叫声。然后声响逼近了它：更大声，更狠，还带着无尽饥饿的灼热和毒素。然而这只小狗还是犹豫了，恍惚中稍微低下了一点头，尾巴条件反射地满怀希望地抽动着——希望来者会和他玩闹。但此时一阵臭气和血腥掠过了它的皮毛：这只小狗呜呜叫着飞快溜进了地洞，一头撞进洞中黏糊糊的潮气里。或者说它试着这么做了。两只交叉的前爪搜寻着支点，可它圆滚滚的小屁股还暴露在外，同时两条后腿在空气里踢蹬抽打。现在它真的可以感到戏弄自己后半身的炙热呼吸和滚烫的唾液了。害怕做不到——但是恐惧可以。恐惧推着它嘭的一声钻进了地洞；它就躺在那里咳嗽流泪，直到惊人的盛怒发泄殆尽，在它头顶上的土地里碰得四分五裂了为止……这只小狗受到巨大的惊吓，甚至过了足足36个小时之后才从洞里出来，而且还是饥饿的绝望逼着它倒退着走到了阳光下。进到地洞里不容易，但出来却很容易。因为看起来这只小狗一直在变得越来越小。

于是他边叹气边盯着，边盯着边叹气。那些鲜花都不再扮出一副要昏厥的样子，现在都拱起身子拼命往上够让小姑娘触碰它们。啊，它们是多么期望能被采摘。轻盈赤裸的她在鲜花间穿梭，斜着身子从土中拔出一枝花茎，然后站直了身子把花瓣插进她高贵的黑发中。被这只小狗深爱着（无声地、骄傲地——他怎么会不情愿把几辈子的时间花在这种只有一半的爱、只有一半的生活上，纵然得不到回应，也不会被注意？）。那个小女孩在唱歌，那个小女孩在游泳，那个小女孩躺在自己的裙子上，晒干自己全身的同时也在梦想着成长，梦想着变化，梦想着神秘的蜕变。她哼着歌，喃喃自语着，想换一种被阳光照亮的姿势继续神游，她睁开了眼睛——她会看到什么呢？哎呀，一只小狗，一只非常犹豫的小狗，在花丛中一点点朝前挪动，他的尾巴焦虑地缩成一团，热乎乎的鼻头在草叶上蹭过。这只小狗绝对没想过要这样接近这个女孩。可是这只小狗刚刚意识到自己已经这么做了——就像小狗们会做的那样。那个女孩坐了起来，注意力一点都没有浪费，紧紧地看着他，一只手举起来捂住了嘴。这只小狗意识到了自己的错误有多严重，他正难过地准备溜走，一直走到世界的尽头，永远不再回来——可她笑了起来，然后说：

"你好。你是谁呀？过来。过来这边。没事的。噢，你真是个奇怪的小家伙……我想带你和我一起回家。但他们不会喜欢你的。因为那只狗。基赛特不会喜欢你的。我觉得汤姆也不会。我的名字是安德洛墨达[1]。而且**我**喜欢你。没错，我真的喜欢你。"

当然这一切对小狗来说就像希腊文一样听不明白——但这又有什么关系呢？她的声音，带着婴孩般的起伏和旋律，只是他周围幸福花荫中又一个巨大的幸福之物。不是在做梦，不是在他摇尾乞怜嘤嘤哀求的梦里……如果说小狗也会幻想可能太夸张了，但他们绝对是有感情的，而且还是非常强烈的感情——在那里一切都像饥饿一样撕咬着他。仰面躺在嫉妒他的花丛中，她的手放在他的肚子上（一只试探的爪子轻轻地稳住她的手），尾巴随着慢慢的心跳一起摆动，这只小狗差点就要溺

---

[1] 希腊神话中人物，安德洛墨达的母亲认定女儿比海中所有仙女都美，结果触怒了海神之妻，安德洛墨达被迫要献给海怪，后被路过的英雄帕尔修斯救下，并与之结为夫妻。这篇短篇小说的结构就源自这一希腊神话故事。同时这个神话故事也是仙女座的传说，所以这个名字在指星座时会翻译成"仙女座"。

死在自己幸福的小海洋中了。啊，这无法阻挡的平静。一切都被天堂笼盖——小狗的天堂！有好几个小时他们都在一起翻滚着，拥抱着，依偎着，亲昵地蹭着鼻头，直到天色开始变化。

"哎呀，不好。"那个小女孩说。

她带着明显的恐惧跑开了。虽然她让他待在这里，这只小狗还是跟着她，尽可能地隐藏自己，每当她转身轰他往回走的时候他都看向一边（仿佛他相信如果自己看不到她，那么她也看不到自己）。然而现在逃走的安德洛墨达停了下来，站在那里警告小狗。

"站住。小心那只狗。明天再来。保证。站住，可是请不要走去别的地方。站住！哎呀，站住。"

他深深地感到困惑，尾巴不确定地摇摆着，这只小狗看着她跑开了，顺着山谷下坡跑向那个张开大口的深坑，那里的火焰已经在沸腾了，里面夹杂着黑色的经脉，仿佛它们在开始吞噬黄昏的空气了。

在接下来的时间浪花或片段里，这只小狗的生活像极了一场美妙又可怕的梦，这两种状态——恐慌和狂喜——像一把刀的两面一样紧紧焊接在一起；有时他觉得这一切难以置信的不确定性也许会让自己的心裂开涌出鲜血。但因为他只是一只小狗，他大部分的时间都是在纯粹的状态中、在两种极端中度过的。当安德洛墨达站在他头顶，她被阳光晒暖的发丝里插着神奇的花朵的时候，当她挠着他两侧的肋骨还亲吻他滚烫的肚子的时候，你觉得这只小狗除了简直要被快乐压扁之外还能感觉到别的什么吗？生活都是前戏，美妙的前戏。这只小狗还设计了其他游戏：有一个是他飞快地朝她跑去，然后在最后一刻拐到一旁；有一个是他绕着她跑出一圈又一圈同心圆，不论她往哪里走；还有一个游戏是他无精打采地跑开，然后等她靠近的时候突然蹦到她摸不到的地方，等等，等等。异乎寻常地，安德洛墨达似乎要很久才能明白他在玩什么游戏——也许是因为这只小狗现在非常虚弱、病恹恹的，也很容易疲倦。但他不会停下来。他的嬉闹夹杂着一丝癫狂。他也常常会在某些更有野心的把戏上栽个大跟头。有天下午，在好几个小时的提示之后，她终于同意和他一起玩扔棍子游戏，她要扔出去一根棍子，这只小狗要追上去叼住棍子——把棍子还给她还是不还给她，则全靠他多变的小狗的心决定了。一次她不小心把棍子扔进了溪水里，这只小狗追着棍子一跃跳进了小溪里。有那么一阵他好像遇到了点麻烦；在安德洛墨达把他从水里捞出来之后，他绝对是在岸边咳嗽了好一阵子。那时她注意到，在他趴在她身边恢复的时候，他的尾巴和后爪都有严重的烫伤，而且还发炎了。她担忧地皱着眉低头看着他。这只小狗抬头冲她感激地眨眨眼。透过他湿漉漉的睫毛，再加上她头顶和背后灿烂的光照，对，她看起来就像——在他看来就像一位严肃可敬的天使、神圣的精魂、一种力量、一位君王、一个王座，全身覆盖着熠熠生辉的宝石,折射着太阳的光线。当然我们必须要记得这只小狗可怜的视力……哦,可怜的小狗。

因为夜晚是如此不同,比白天要长多了(至少有三倍长),还充满了恐惧。当他在地洞里扭来扭去,同时那只巨兽,更年长也更狂暴的巨兽,在贪婪地啃咬着地洞狭小的开口时,这只小狗完全不会想到白天——那遥远的、难以置信的白天。他不明白他为什么会引得这个生物表现出如此强烈的狂暴,当他本可以,至少他是这么觉得的,在那个生物身上找到爱、找到保护、找到玩伴的时候?他不明白。可他明白一件事情:他学会了区分两件事,这还是个非常微妙的区别。这只小狗明白害怕和恐惧之间的差别。害怕是在小女孩已经离开,夜色开始降临,抹去了这个世界所有的色彩时。恐惧是因为那只野兽真的就在**那里**,它如火焰般的呼吸堵在地洞的开口,还有它的唾液,会烫伤小狗屁股的唾液。

"不能再这么继续下去了。"有天早上安德洛墨达这么说,当时她发现这只小狗在紧张的溪流边打着喷嚏,还在颤抖地昏睡着。他吃不下她偷偷带出来给他的食物。他条件反射地抬起身子想要和她嬉闹,可他的后腿支撑不住,结果他又滚落回草地里,认命地叹了口气。通常当看到这只小狗时,安德洛墨达总是想到:生命!这就是生命!可现在她意识到这只小狗要死了。小狗就是没法再撑下去了。你得明白恐惧几乎掏空了他——恐惧,还有小狗强烈的孤独感,渴望融入,渴望……进到**里面**。

安德洛墨达深吸了一口气,然后说:"我不管了。我要带你一起回家。现在就走。我不管了。"

就这样,安德洛墨达非常非常小心地把这只四肢无力的小狗放进了她的篮子底,然后用鲜花、白色的葡萄,还有一张粉红的手绢盖住了他虚弱挣扎的身体。这只小狗很久都不明白这个游戏是在玩什么,他一直蠕动挣扎个不停,看上去还在咧嘴笑,然后还会装死。"嘘!"安德洛墨达不停地告诉他,他却还是一直哼唧个不停,四肢乱舞,直到最后他被提了起来。被拎起来带着走似乎让他安分了下来。在离村子还有一英里远的地方,在围绕村子的丘陵边缘,她重重地把篮子放下来,掀开手绢,好好地警告了小狗一通,举起的食指好一通指指点点,不住地跺脚,还一直在意味深长地皱着眉头。其实到这个时候,这只小狗已经困惑迷茫得不行了,甚至他盯着安德洛墨达的样子是全然毫无兴趣的——还冲着她的脸打了个呵欠。他们继续前进,下坡走到了围起来的村子里。"日安,日安"的声音不住地传来,安德洛墨达用最响亮的声音唱着歌,以防毫不防备的小狗突然嘤嘤或者汪汪叫出声。可这只小狗非常听话,一点声音都没出(说实话,他已经睡熟了)。等她走到自家的小屋,便踮起脚探身朝屋里偷看。基赛特不在。汤姆也不在。于是小安德洛墨达径直把小狗带进了自己的小房间。

现在安德洛墨达有很多要解释的了(她最好能说清楚!)。

而说到这个,我们也有很多要解释的。

现在的情况就是,这座村庄就是那条狗的食物——而那条狗,就算不是可能出现的所有狗里最坏的,也肯定是迄今为止狗里最坏的。过去曾经将不同物种隔离开的基因警察和门卫已经放松了对生命世界的控制。在我们这个故事所在的没有那么温暖的地带,到处都有瘸腿而行或者呼扇翅膀的怪异生物,它们诞生于旧日的生物界之间奇怪的缝隙里,半植物半动物,半昆虫半爬虫,半鸟半鱼。自然选择已经让步给了一种逆向的歧视——或者沦为了摆设。随便哪种愚蠢的两栖鹦鹉或者笨拙的三翼白鼬都和最油滑、最灵敏、最一心一意吃垃圾的小老鼠,或者身披无敌甲壳的掠食者一样有生存和成功的机会。很多人类也多少有点烦躁地发现自己在进化的跑道上倒退了——甚至还有更糟的,斜刺着后退,去到了未知的羞耻中,长出了蹼和肚袋,或者蹄子和鸟嘴。人,本来就没有几个,一般在沙漠附近就变少了,沙漠倒是有很多。在沙漠里低等生命在无人控制的混乱中恣意生长:你随便一转头就会看到几只多长几条腿的鬣狗,或者双层公交车如巨型虫子在斑驳的沙地上快速蠕动着靠近你。这座村庄位于北方,离冰封的草原不远。在这些特定的纬度,在最初几十年充满敌意的寂静之后,地球再一次变得适合生存,甚至算是个时髦的居所了。既然食物是如此丰沛——还有这么多空间和好天气——也就不需要什么物竞天择了。直到那条狗出现。

也许那条狗就是天择的执行者。那条狗有八英尺长四英尺高，全身像拼在一起的大小包块，转动不停、撕咬不停的脑袋松松垮垮地长在上大下小的肩头上。在该长尾巴的地方它多长了条腿，光秃秃的胫骨，筋腱和爪子——毫无用处，也绝对算不上装饰。它的双眼是坏血病人皮肤一样的焦黄，唾液是刺眼的猩红色，有毒而且还带酸性，能够彻底融化人的骨头。那条狗也是一种新的共生模式的受益者，它毫不受影响地任由好几种致命但现在却起不了作用的疾病寄生在其身上，它身上众多的寄生虫（在这种情况下）实在是招惹上了它们对付不了的对头。那条狗过去会吃任何它能咽下去的食物，就像鲨鱼一样。但最近它专一地，甚至是虔诚地只吃人。它的食谱让它看起来很糟糕。再也没有比它更能说明你不应该吃人的实例了。那条狗主要的个人成就是他的皮毛，厚重、斑驳，像缠绕的菌丝一样，但看起来也像合成的，异常闪亮，就像人造丝或者金银丝化纤面料一样。它是第一只在北方找到了活路、想办法活下来的狗。这个村子就是它的食物。它似乎一周只需要一个人。它也没有那么贪婪，而且人，它发现可以管饱很长时间。

村子里没人知道该怎么对付那条狗。不对，他们有自己羞耻的办法；可它不管用了。一个重新活过来的世界里的闲人，他们早就遗忘了生存和优势的高贵艺术，更别说战斗和杀戮了。再也没人知道怎么大闹一场了。他们从大地上多样的生命里挤出富足的生活：真的，有些植物就像肉一样营养丰富、鲜血淋漓；没错，有很多植物会流血。他们就会用几种工具，也没有了武器。甚至连火他们都希望很快也不需要了。这就是世界现在的样子。

在接下来的几天里，这只小狗情况非常不好，于是安德洛墨达可以让他一直躺在自己的衣橱里不用担心被人发现。有时候，在不祥的预感袭来时，她发现自己差一点就要接受自己的新朋友就要没救了。"撑住，"她会小声地给他鼓劲，"别离开我。撑住，啊，一定要**撑住**啊。"夜里安德洛墨达给小狗带来了精选的多汁蔬菜，鼓励他吃一点。他似乎很感激她的同情、她给的舒适，但转头并没有吃那些食物，还一直发出难受的呜咽声。然后在第三天……嗯，安德洛墨达在慢慢地和基赛特和汤姆一起吃早饭，她的母亲和"父亲"。在一片安静中，阳光用阴沉的灰尘微粒玩起了亚原子棒球赛。安德洛墨达和汤姆两个人都小心地偷看着基赛特。那天早上谁都还没有放松地说过话，因为基赛特还没有选好并宣布她今天的心情如何。一共有七个可以选（现在不一样了，都是难过的日子，自从那条狗来了后）：躲避日、哀号日、流泪日、伤痛日、饥渴日、火焰日、崩溃日……汤姆正在研钵里捣散沫花[1]，他说：

---

1 原产非洲西亚等地的植物，其中提取的色素可以用作头发、皮肤或者指甲的染色剂。

"我还是喜欢一根辫子。"

"为什么?"基赛特无情地问。她是个脸颊红扑扑、大脸盘的女人,身材壮硕胸口平坦(这个年头的标准女性体格);然而在这样的时刻她的嘴看起来就像玻璃里的裂缝一样细。"为什么?请告诉我,汤姆。"

汤姆把研锤放到一边,两只手比画了一个形状。"也许因为它显示了——它显示出你天性里必不可少的唯一性。"

这话对基赛特来说可太扯了。"什么唯一性?"她把胳膊紧紧抱在一起说,"继续呀,什么唯一性?"

现在汤姆也开始说话磕磕巴巴了。"我也不是很清楚,"他说,"但我肯定那条丝带和这件裙子搭在一起会很合适。"

也许基赛特就要心软下来了。我们将永远不会知道了。就在那个时候,就在安德洛墨达看着他们并小心地把木勺举到唇边的时候——他们听到了厨房门后传来了一声清晰的吠叫……三个人都往后一靠,一动也不敢动。又过了一阵,什么都没有发生,如果不是又传来了第二声犬吠,比第一声更大胆、更急切,这件事也许可能就此蒙混过关。安德洛墨达紧张到了极点。她想说话,但很快就被她母亲一道凌厉的目光制止了。然后响起了第三声狗叫。

"崩溃日。"基赛特说。

不过现在她站起来了,女人必须直面最糟情况的勇气让她仿佛变大了,身上也似乎燃烧起来。基赛特大步走向走廊的门,安德洛墨达和汤姆跟在她身后几英尺的地方。基赛特先转过身来,一副决绝而愤怒的样子,然后再抓住了门把手。门像个盒盖一样打开了。

然而他们还能看到什么呢?除了这只小狗什么也没有,他已经完全康复了,实际上精神好得不行,有一瞬间他被吓到了,但现在又在蹦跳绕圈,朝这边一扑那边一蹦,还拼命摇着尾巴使后半身完全成了一团毛茸茸的虚影。然后他躺倒在地,高高举起蜷起来的爪子。安德洛墨达一下哭了出来,从大人中间挤过去跪在了小狗旁边。

"这是**什么**?"基赛特说。

"不要碰他,"安德洛墨达说,"他是只小——'小狗',"安德洛墨达解释说,她眼中露出了新的努力,"一只**小狗**。"

这只小狗可爱兮兮地抬头看着。

"**我的**小狗。"安德洛墨达说。

"我为什么要容忍她?"基赛特开始说话了,"回答我,汤姆。请回答我。这都是从哪里来的?从一开始她就没让我安生过一刻。她为什么就不能像其他小女孩一样?为什么?为什么?没错,我要赶你去和孩子们一起生活。要不就是那些怪人!你在哪儿找到它的?你现在听我说,安德洛墨达。**安德洛墨达**,真的是。她连自己的名字都看不上了。她非要管自己叫安德洛墨达!它现在又在做什么了?哼,有件事我得告诉你,这位姑娘。它不能留在**这儿**。"

在许多个小时的恳求之后，在许多认错和指责之后，汤姆在地毯上、浴缸里，还有在床上费了半天劲之后，用热毛巾和冷敷袋，还有痒痒挠和丝瓜布搓澡巾玩了好一通游戏之后，更别说还有那些摩挲头发、鼻头蹭脖子和亲吻乳房了——再加上小安德洛墨达不知疲惫的饱含热泪的哀求——最终基赛特被说服并接受了小狗的存在，大家知道这种存在是暂时的，不定期的，还附有很多条件。自然，基赛特粗壮泛红的手指打个响指就可以改变这个决定。啊，可是面对一只像这样的小狗，面对他搞怪的蹙眉还有他恳求的双眼，你又能做什么呢？这只小狗可以仰仗的一切，真的，就只有他的可爱。而他的确可爱——没错他真的是。在数不清的承诺和悔过，还有这个漫长下午的条款和约定之后，基赛特自己也因为这场交锋被弄得疲惫不堪。

"好吧，"她说，"它可以在这里待一段时间。"

"是'他'。"安德洛墨达说。

"现在它又跑到哪儿去了？"

这只小狗在哪里呢？当然是在蹭着基赛特的脚，还感激地抬头朝她眨着眼。等到了晚上这只小狗就已经舒服地蜷在基赛特的膝头了。安德洛墨达也只能把他弄下来抱一小会儿。汤姆带着好不容易得到的放松靠在他的躺椅上看着这一切。他观察着基赛特，寻找情绪突然变化或者主题变化的迹象。现在一切看起来都没问题。今天可真是个不一般的崩溃日啊。

这只小狗油光水滑，毛发梳理得好好的，明显胖嘟嘟而且无可挑剔地学会了上厕所，现在最容易找到的地方，大多数时间都是在他最喜欢的位置：安德洛墨达小卧室的窗台上。透过半截窗帘的朦胧——他的尾巴不确定地摇晃着，然后会因为认出了谁或者只是泛泛的热情而突然加速摇摆——这只小狗会看着窗外的人来来往往，一连好几个小时。因为人——人是那么漂亮！女人们把手叉在腰上大步走着，偶尔停下抱着胳膊互相说说话、点点头。女孩们，高贵而冷漠，椭圆的脸颊和有品位的发型传达出高贵的自我意识。各种颜色、各种大小的人都有。没错，还有老人，他们走路更小心（慢点慢点），而且他们人类的双眼中似乎还会发出光来。那些小男孩都是严肃警觉的，一脸生人勿近，一副警惕的样子。他们为什么没有在玩耍呢？这只小狗好奇地想。他们为什么没有在玩——没有像一群小狗一样蹦跳翻滚？

除了这只小狗没有人在玩耍。这只小狗有很多要玩的。有蹦高高、滚远远，还有躲猫猫。他这些无穷无尽的玩闹差点就把他的小女主人惹恼了。在一个安静的躲避日，她发现这只小狗疯狂地在抠一个汤姆装在床脚的红色圆球。在他吠叫声的鼓励下，她成功地把这个球从卡座上取了出来；然后把球滚到了小狗面前。一个球，一个红色的球！这只小狗接下来追着这个球满屋跑。然后他又追着这个球满屋跑。用两只前爪捧着球，他挑战安德洛墨达，看她能不能把球从他爪里掏出来再为他扔出去。然后他会把球叼回来，围着她一圈圈小跳，直到她再把球扔出去为止。真的，这只小狗在这样的时刻可真的太疯狂了。安德洛墨达不明白。可这只小狗很明显需要玩耍，就像他需要爱和食物一样迫切。现在，当她给他端来蔬菜和水果的时候，这只小狗经常是整个脑袋一头扎到碗里。

一次有些过路人朝窗里看了一眼，然后看到了趴在那里的小狗。他逗乐地朝他们叫了起来，还浑身紧张，瞬间就上好了弦准备和人玩闹。那些人在敌意的惊讶中纷纷后退。一小群人围了过来，过了一会儿，即使这只小狗此时已经躲到了床底下，后门还是传来了不停的重重敲门声。这群站立不安的人遭遇的是基赛特——她用令人生畏的怒骂打消了他们的不安。然后安德洛墨达被叫到客厅里和基赛特还有汤姆一起讨论了三个小时。讨论的主题是：基赛特的想象。然而就是在这个时候，安德洛墨达下决心要勇敢地行动了。

在汤姆的帮助和串通之下，她给小狗做了一个小项圈——还有一条小牵引绳。然后她就带着他出门走到了村子里。一开始他不停地扭来扭去、拱来拱去差点把自己勒死，但小狗倒是很快就学会了听话的快步走，只有他的脑袋还在忙着不听话，忙着追逐一切形状和颜色，仿佛整个世界都是能吃的一样。必须要说的是这场实验并不太成功。有许多人大声呵斥或者退开了，要不就是突然哭了出来，小狗也从自己鼻腔的某条通道里发出了一声哀号，一声针对不幸的难过哀号，他不知自己为什么成了这种不幸的代表和化身。安德洛墨达继续倔强而骄傲地朝前走着,小狗此时已经只能瑟缩地跟在她脚后了。当他们回家的时候——她还能听见在身后起哄的人——迎接安德洛墨达的是基赛特,她让所有人都吃了一惊,甚至也包括她自己,因为她给了女儿一个赞同的微笑,还公开揉了揉这只小狗颈后油亮的皮褶。安德洛墨达给他的项圈装上了几个银铃,第二天又领他出了门。她已经下定了决心。但这只小狗,我们还是不得不说,还是相当丧气的。

"我给你起了个名字,"安德洛墨达在黑暗里小声说道,"杰克啊杰克。你喜欢吗?"小狗和安德洛墨达一起躺在床上。他喜欢这个名字。他喜欢所有东西。"如果你不是个动物,"她小声说,"我就会叫你约翰,而且你就可以当我的男孩了。"这时小狗抬头看着她,他的眼里闪亮着心甘情愿的目光。

人为什么喜欢小孩?小孩为什么喜欢婴儿?我们为什么都喜欢动物?那动物喜欢什么呢?一切,整个世界,还有更多,甚至还包括高高挂在天上的星星——就像那颗叫仙女座的星星一样的群星,嵌在群星散布的天幕中,明亮地燃烧着。

你也不能真的怪那些村民。他们都过得很糟糕,而且他们生来就没法应付糟糕的时代。在过去的时代人们会一边完成自己的任务,一边在眼中含着满意的泪水,现在他们流的是另一种泪。而他们又能找谁帮忙呢?在变得软弱的几十年里,他们已经失去了从前站起来就干的能力——那些本事，那些手艺。猎杀还有它全部的附属品都已经从他们的钙调蛋白基因和脉冲编码里消亡了。再过一两代人，再加上他们获得的突然并且主动适应环境变异的新天赋或者诅咒，啊，我猜他们会想出什么办法的，只要有时间。可缺的就是时间。

他们寻找着权威，可他们找到了什么呢？天生的领导者当然是嗓门最大、个性最强硬的女人；如果你觉得基赛特就够吓人的了，你该看看克莱冯娜——或者凯文妮娅！一开始她们试着把那条狗恨走。她们坐在一起恨呀恨，可那条狗依旧慢悠悠地走进来享用它一周一次的放纵。她们试着把那条狗哭走，那也没有用。她们试着忽视它；可忽视对这条狗来说实在没有多大效果。于是她们只好继续商量。她们并没有举行会议：只是派了几十个疲倦而惊恐的丈夫——所有的汤姆、提姆和塔姆们——带着消息从一座小屋跑到另一座小屋里。顺便说一句，没有人决定这一切。这种社会结构并不是对遥远过去的反抗。要知道，人们并没有对遥远过去的记忆。这不过就是这个世界现在的样子罢了。

于是她们邀请死亡从后门进来，放任它吞吃那些进化失败的，那些长喙的男人和长翅膀的女人，那些长毛的、有壳的，或者滑溜溜的脸上带着错愕的羞耻的生命。人们下意识地觉得一切都是这些人的错。啊，那些可怜的怪人……有一个火焰日，安德洛墨达带着这只可能的小狗去了那些进化失败的人经常扎堆的地方；那些人宽容地向他问好，甚至还有个老杂种或者老怪物特别把他当回事，他用一只长了蹼的无力的手爱抚着这只小狗的皮毛。这只小狗喜欢上了那些怪人，其实他会喜欢上任何人。他们是群失败主义者，懒洋洋的，没有动力；有缺陷的生存机器，他们知道自己生来就活不长久。他们知道自己可能不会被选上，不是在最终的时候，不是被天择选中。他们现在真的不剩几个了。很快，安德洛墨达想，这些可怜的怪人就要被用光了。然后怎么办？只有一种结局。她考虑过了也许可以拯救这只小狗的方法，如果真到了那一步的话。

在他们回家的路上，有一群女人跟着他们走了一阵，她们尖声叫喊着，齐声咒骂着这只小狗，还做了让人难过的鬼脸，很是让这只小狗难过。"走，杰克啊杰克，"安德洛墨达大声说，"别管她们。"于是他就在她身旁来回打转地走着，时不时扭头看过自己低垂的肩头朝后面紧张地望一眼。但安德洛墨达没有回头看。她一直笔直地朝前走，占满别人给她让出来的空间。因为安德洛墨达在村里有种莫名的地位；她肯定是不同寻常的。部分是因为她拒绝去育儿所和其他孩子一起生活，以及她改了自己的名字这类事情。她把自己的名字从布赖恩娜——改成了安德洛墨达，你说说看！但其实主要还是因为美：美。已经不再有人记得人应该长成什么样，或者能够猜测出人类曾经为之增光添彩的躯体是什么样了。现在的女人都是粗野的、赤红脸的、粗壮的；男人都是无趣的、不显眼的、没有存在感的。然而人人都还是会被美、被艺术、被纹路和规律所吸引。最终我们都会接受美。这都是本能的反应，就像那条狗在自己乱糟糟的排泄物的某一块里发现人类残躯时会忍不住流口水一样（他的心会像鹰一样高飞），同样的，当人们看到小安德洛墨达眼睛圆圆的脸，看到她还隐藏在暗中的曲线和潜力时，他们会忍不住为人类的躯体感到骄傲。

"看呀，杰克啊杰克。"她说。他们已经走到了火山口的边缘，走到了核心，走到了那个深坑和它庞大的火焰问号的边缘。现在火焰正在吞噬空气，吐着唾沫，咀嚼着，还在清着嗓子。没人往火里添过柴，它却一直在燃烧，没有看到任何燃料——也许是依靠核裂变；也许核裂变的女儿们就被困在地壳之下。虽然这个村子里的人不信神，这个火山口被公认为至少是个半神圣的地方，而人们也怀着不情愿的敬畏感受着它的符码，感受着它的秘密。当然没有人会为了找刺激跑下去。而且现在这里当然还发挥着别的作用。"看呀，杰克啊杰克。"安德洛墨达小声说。在被火映得边缘分明的裂隙口，在周围都是火焰的地方，有几个女人正在把一个年老的怪人拴在木桩上，为崩溃日做好准备。这只小狗叫了起来。他不喜欢火。那条狗也不喜欢。但那条狗并没有**那么**介意火。它可以忍受火，如果它必须忍受的话。

基赛特重重地坐在圆桌旁，汤姆和安德洛墨达小心地观察着她。他们俩早上都出席了基赛特召开的持续了一早上的非正式研讨会。主题：基赛特的情绪。不过下午真正让人大汗淋漓的工作还是落到了汤姆一个人头上——时间表排得很紧，包括按摩、编发辫、用丝瓜布擦洗脚趾以及每小时性交一次。可这都没起到作用。现在什么都没用了。因为今天晚上就该那条狗现身了。现在仿佛每天都成了崩溃日。

就像安德洛墨达预料的一样，必然的结局发生了，很快那些怪人就被用光了。其实他们消耗得比任何人预料的都快，因为他们中有些人甚至连那条狗都嫌弃。它是杀了他们，用它流血的爪子一挥，还好好折腾了那些尸体一番；但它不愿意吃他们。它就站在那里，呆傻而狂暴，一连好几个小时（它全程都直直地站在那里，甚至连酣然打盹儿时也是），最后才撕扯下死掉的怪人肢体，叼着蹒跚走开——第二天晚上，还有下一天晚上再回来。可现在当它眯着眼朝明亮的火山口看下去，却看不到任何献给它的牺牲。只有噼啪作响的火焰，不比它心头的饥饿之火更响更耀眼。

"它来了。"基赛特说。

没错，它来了。你能听见它呼哧呼哧地喘粗气和高一声低一声的号叫，它在穿越田野大步朝他们走来，靠近了，越来越近。整个村子都在竖耳倾听——在黑暗中倾听着一个由声音勾勒出的世界。它咯吱作响的脚步，它的哼哼，它想到即将得到血糊糊的满足于是喉头发出的咕咚声。接下来，它在火山口边缘漫长的沉默，它盘算落空的失望长嚎，它最后发出的饥饿的怒嚎。然后就是木屋周围闻嗅和翻找的声音，口边泛出白沫，口水拉长滴下来的声音，它的身体有节奏的撞击声，木头的碎裂声，人的惨叫声，追逐发出的重重的又凌乱的脚步声，愤怒地撕扯和大声吞吃猎物的声音……一次，正当那条狗在疯狂吞吃他的猎物时，这只小狗（紧紧地被抱在安德洛墨达的膝盖上）发出了一声凄厉的号叫。屋外立刻一片死寂——接下来，几分钟之后，是难以置信的贪婪和仇恨的号叫，就从离前门只有几英寸的地方传来。但那条狗的饥饿已经没有那么迫切了（换一个晚上就不一定了），他们接下来听到的还是惯常拖行的哼哧声，那条狗把吃了一半的尸体拖出村去到山里。

"它现在走了。"基赛特说。她闭上眼用一根手指指着汤姆，他一脸紧张地朝她走来。"那条狗多久才会不再来？多久？多久？为什么我不知道该怎么办？为什么？为什么？明天我会和罗伊琳，还要和克莱冯娜说。我甚至还要和凯文妮娅说。我不知道为什么，但我觉得我会是最后一个死的人。不是那里，"她告诉汤姆说，"那里，那里。"

当被捕猎的威胁变得越来越大，不论任何种属的社群都倾向于更加紧密地互相联系在一起，高下之分也会变得更加明显，也会有更多的争抢。至少理论上是这样的。这个村里的社群，比如说，早就没有了全部的基因力量。也许他们最好的办法就是搬走，过上一段时间的游牧生活。可恋巢的天性却不幸偏偏是此地基因转录时唯一稳定的因素。你要怎么跑，当你的头脑认定这里就是唯一可以生存的地方？

现在它肚子里装着丰盛的一餐，还有一具不错的人体可以啃咬撕扯，那条狗会消失六个晚上。这似乎是个明显的进步，尤其在怪人耗尽的混乱之后，而且其实每个人都暗地里惊叹那条狗的节制，限定自己每周就只吃一个人。它至少得花上好几年才能吃光他们所有人。然而，那个躲避日也带来了令人不快的意外。

在它上次入侵时，那条狗闯进了后备丈夫的营地，从躲在那里的十六个男人中选出了自己的受害者。在混乱中还有三个后备丈夫被那条狗的牙齿或爪子伤到了。到了哀号日下午他们的肚子就肿胀得不成人形，后背和屁股上还长出了粗硬的毛发。三个人都在晚上死去了，死状惨得难以形容。在伤痛日，有人报告说有七个仅仅触碰到了那条狗皮毛的后备丈夫都表现出了异常剧烈的皮肤症状；他们也死掉了，死状宛如噩梦，口吐白沫，身上满是匐行疹和雅司病引起的肉芽肿。等到了火焰日，剩下的五个男人——他们仅仅是闻到了那条狗呼出的臭气——也因为中毒性休克都完蛋了。

女人们很自然地想到了育儿所，一幢并不是特别坚固的房屋，就在后备丈夫营地背后。哦，我说的是"很自然地"，但必须强调的是生育回路已经非常明显地冷清下来了，因为那些支配生育的基因就算不是彻底无私,至少也是天生没有什么野心。所以他们是注定要死光了,很快,连反抗都不会有。没想进化,只想幸存。我们就是不想死。即使当生活已经如此糟糕,可怕到极点,还有迫切的理由让人放弃一切时——我们也不想死。我们不想死。

再一次的讨论,来回送信,那些不安的丈夫们来回奔跑。在崩溃日正午,仿佛是在集体梦游一样,全村人都聚集到火山口,就在天鹅颈一样蜿蜒的火焰旁。没错,安德洛墨达带着这只小狗也去了那里,她条件反射般地为他遮挡人群中的鬼脸。他们都知道要发生什么——带着一种疲倦的羞耻,很清楚他们远远没能做到任何高贵的人类该做的事。罗伊琳和克莱冯娜站在一个坚实的大桶背后组织一切。然后这些村民排成一排,每个人都往桶里扔一件个人物品——一条围巾、一件工具、一条头带、一只耳环。没有例外。轮到安德洛墨达的时候,汤姆帮她抱住了小狗……最后凯文妮娅大步上前,四下打量了一圈,然后卷起袖子,在沉寂的热浪中,她表情生硬的脸闪闪发光。就在这时,这只小狗叫了起来——朝凯文妮娅叫了起来!他甚至还开始**低号**。凯文妮娅在一旁带着被冒犯的不屑看着安德洛墨达挣扎着控制这只小狗,在汤姆的帮助下,她终于制服了不停挣扎吠叫的宠物。仿佛眼中燃烧着火焰的正义女神一般,凯文妮娅脸上闪着光,她把手伸进桶里,举得高高的,然后用一种解释的姿势,一种揭露结局的姿势,把一个红色的小球扔到了地上。

天空说开战。"开战。"天空如此宣布。在上方,夜晚的群星正在发出光亮,用核的方法,它们的燃料表有巨大的方程式来扩充,脉冲星、类星体、巨星还有白矮星——仙女座也用多彩的辐射内爆燃烧着,在炫彩的电磁天穹中变化冲击。下方,厚重的云层看起就像大理石一样结实并带有清晰的纹路,那是突然喷发的结果,是强烈的互动……

现在这只小狗躺在他女主人的怀里,过去几个小时都是如此。他的各种感官都有自己的任务:找到一条穿透她哀伤帷幕的道路,如果可以,还要尽力帮忙缓解她的哀伤。他热情的机警也有动物性的一面。你肯定见过那些游乐场或者海滨浴场里的小狗,它们被拴在篱笆上,而在它们四周,全世界都在嬉戏舞蹈。这是折磨小狗最无情的方法了;这比饥饿还要厉害得多。不过现在这只小狗已经穿越了那种痛苦来到了另一边,他内心扭动拉扯着,一心只想抬起主人的哀伤,让它变得更轻点。"谢谢你,杰克啊杰克。"安德洛墨达一边小声说,一边感受着他的爱——无限的情愿——热乎乎的蠕动。他们的小房间满是让人脸红的霞光:在夏天早早上了床,短短的夜,只有他们俩。安德洛墨达有傲气来面对自己的命运,像个女人该有的样子。可她并不想死。她想过逃跑,想过逃亡(没有人会阻止她),只有她和这只小狗。可是地球现在是个巨大的光秃秃的星球了,已没有什么别的生命。巨大的空虚从四面压迫这个人类的居所。安德洛墨达有傲气。可她并不想死。

很快他们听到了院子里传来的抱歉的低语。基赛特坐在圆桌旁，困在了自己内心的波澜里。她不会，她永远不会说再见。汤姆害羞地抬头看过来（在四个小时连续不停地舔舐阴门之后他还是又累又晕）。"我走了。"安德洛墨达说。她在想的是：我们是多么奇怪的生物——真的。"我走了。再见，杰克啊杰克，"她说，"别跟来……别跟来。"

那条狗要来了。你已经可以感觉到它残缺的尖啸了，叫声从山那头涌过来。两旁跟着她的两个丈夫，壮硕的凯文妮娅把安德洛墨达领到了火山口边缘，沿着绕大圈的盘旋小道下到了底，下到了火焰正在吞噬黄昏的地方。那个难看的十字架就立在那里，像个怪人。凯文妮娅下了命令。一号丈夫捆好了安德洛墨达的小手，等着二号丈夫捆好她的小脚。她依次看过每一张脸，可谁都没说话，而且他们很快就慌慌忙忙走了，沿着蜿蜒的小道重新走上去。于是安德洛墨达只好盯着火焰看，看着火中的精灵和魔怪还有它们毫不遮掩的群魔乱舞。

这只食人兽一高一低地瘸腿走过了村子外围，野蛮的回忆让黏重的唾液线甩动作响——甚至挥得呼呼生风——随着它经过某个曾经成功捕杀过人或者重重地伤过人的地方，嘴松垮垮地张开，然后突然啪一声合拢，仿佛残留的记忆让它抽搐，长着利爪的脚在光秃秃的大地上划出一道道裂痕戳出一个个洞。它就在那里，极其可怕，针一样的毛，软塌塌的畸形生殖器，

第五条腿从屁股后面伸出来，仿佛某种非常不明智的性爱冒险的后遗症一样。天择的执行者。虽然它自己抵抗力非常好——它甚至可以夸口说自己是全面免疫的——这条狗身上附着的病毒、细菌和微生物沸腾喷涌着组成了一个个完整的生态系统：炭疽病、幼虫腐臭病、牛瘟、蹒跚病、白血病、马鼻疽、犬硬蹠病、羊蹄坏疽病还有疥癣。它像热浪一样闪光。这条狗睡过觉的地方花都会死光。

我们都知道平时那条狗要来时，这个村子会摆出什么姿态。它会装死。在羞耻的无力中遮起自己人类的面孔。可在这个献祭之夜，在这个新的恶心和失败的夜晚，肩上的头颅不愿意低头认命。为什么？那可是安德洛墨达，那可是骄傲，那可是美——是不是也因为，从某种奇怪的角度来说，这个女孩对小狗的维护？现在你能感觉到滚烫怒意的低吼，倔强反叛的低吼。连成一片的木屋里，有好多窗户，甚至门都打开了，那些丈夫们都露出了头，叫喊着舞动着手臂，同时那些女人也怒骂憎恨着，拼尽全力想要恨走那条狗。

当然那条狗似乎并没有因为这样的反应就害起羞来。在几次愚蠢的暂停和朝四下乱吼一通之后（吼叫更像是疲惫的咒骂），它继续前进，向着火山口走去。一脸愚蠢的样子，它又停了下来，一阵不听话的抽筋或者抽搐传遍了它的全身。其实它看起来糟糕透了。它的食谱肯定对它没好处。你简直想象不出一则更鲜活的"不要吃人"的生活方式公益广告了。没错，靠这样的食谱生存，就算那条狗也是能够变得更糟的：最近它和自己发出的辐射关系没有那么友好了，甚至打个嗝都能把自己打趴下……它走到了火山口边。它眯起猩红的眼睛透过被热浪扭曲的空气朝下看——然后它看到了一个人影，在木桩边准备好了。它哼了一声，开始沿着小路向下走：这很好，这才像话，这才是事情该有的样子。下到一半的时候它抬头往上看，看到了大胆的村民聚集在火山口边缘，把它围了起来，吵嚷不停还在手舞足蹈。在吵吵什么呢？那条狗仿佛在问，然后它转过身去，透过火焰的尖端检查起了给它的牺牲品，心里确定它会发现常有的靠指关节走路的家伙，或者一个紧张地打着呵欠的返祖玩意儿拴在柱子上。当它看到那些纤细的棕色肢体时，浑身颤动（事实上底下的一切都在颤动），那条狗的胃重重地收缩还咕噜咕噜响了起来，一品脱甚至两品脱冒烟的唾液从它嘴里淌了出来。慢慢地，满怀期望，还带着应有的尊敬，那条狗沿着蜿蜒的小道向下走着。

　　安德洛墨达也在看着它，透过火焰。啊，火焰本身似乎也想要吞噬那条狗，朝它伸出了舌头和手指——去吞噬，去转变，去把它嚼干净再整个吐出来，脱净它的毒素。一个小火苗忍受不住诱惑，伸出去抚摸了一把那条狗火红的皮毛。当它的一片毛发像着火的荆豆丛一样噼啪燃烧了一小会儿，那条狗只是心不在焉地嚎了几下。然而它坚持走了下去——它可以忍受——最终它低头一点点靠近了火焰问号旁。当它看到安德洛墨达时，当它闻到她，然后意识到拴在柱子上给它的饲料的高质量时，它的四肢飞奔向前（脑袋和身体在后面跟跄地跟着跑），然后歪歪斜斜地停了下来，就在离她20英尺的地方。现在它又停下来了。那条狗也知道美的价值，用它自己的方式。它要非常非常慢地享用美。

安德洛墨达和它猩红的眼对视了。她的私人保镖或者说她的保护神，她的晕厥之神想要带她去别的地方，照料她入睡。然而在火山坑里有如此多燥热和魔法——你不可能把灼热的氧气还有躁动的血液都屏蔽在外。在这个燃烧的锅底，火焰发出的咝咝声比上面的人群还大。她看到了那条狗的嘴张得大大的：能够致癌的牙齿，肿瘤一样的舌头，嘶嘶作响的小火苗般的口水。接着，像一个上勾拳一样突然，那条狗的嘴啪一下合拢，它低下了头，然后它小心地朝她重重走来。

是谁先感觉到的，安德洛墨达还是那条狗？像退潮的海浪一样，围成一圈的人群慢慢地安静了下来，环形的乐声频率越来越低，最后在自己的波段里消失了。那条狗自己似乎被这种有规律降临的静默吓到了。他们在这片跳动着火焰的寂静里听到了什么？那是小铃铛的叮当声吗？痛苦地一扭脖子，那条狗看向了火山口的边缘。在蜿蜒向下的小道的入口，嘴里叼着鲜红色的小球，小狗杰克啊杰克就站在那里。

他也是来面对自己的命运的；他开始向下走了，这只小狗，蹦跳着小步跑着，两只前爪平齐地同时伸出去，夸张地直直挺起头。那条狗看着他，满心是近乎恐惧的憎恶。没错，恐惧。当然那条狗像狮子一样勇猛，也要蠢笨得多，但万物都惧怕自己的反面，自己的反物质或者说反基督。万物都惧怕自己。它又一次流起了口水，还在闷闷地哼着，那条狗看着这只小狗（眼睛直直地看着前方），大摇大摆地沿着绕大圈的螺旋小道向下走，看着他消失在火焰的帷幕之后，看着他昂首阔步走进被火焰包围的地方。他径直走到那条狗面前，一直走进他散发的瘴气中，放下那个红色球，往后跳了一步俯下身来把鼻子放在自己的前爪上——然后叫了起来。

那条狗犹豫了，眼睛里闪着淡淡的鄙夷。这只虾米，这块肉，这盘开胃菜：它想玩什么？这只小狗又叫了一声，朝前跳了一步把球罩在自己脚下，然后又跳回去摆出他翘起屁股邀请的姿势。有那么几秒钟，那条狗像僵住了一样就那么吃惊地盯着，它内心的模块在不停地洗牌发牌，搜寻着停止运行的回忆、信息和暗号。人群也发出了困惑的嗡嗡声，直到有人开始大喊大叫——挑衅，挑衅那条狗加入。现在这只小狗把红色的球用脚带到了那条狗面前，又继续着他蹦跳的舞蹈，做出了许多风骚的转向和假动作。猛然间那条狗朝前一冲。眨眼这只小狗就俯下身子叼起了球，连续两次急转绕圈跑——接着躺到了地上背对着那条狗，亲吻着，还用鼻头蹭着他无可比拟的宝贝。它唾液横流的嘴大张着，那条狗看着这只小狗的尾巴毫不担心地来回摆动,看着他胖胖的小屁股绷紧又放松。猛然间它又扑了过去——而这只小狗已经起身跑开了,举头高高地叼着那颗球,一路小跑着冲到了那条狗够不到的地方。啊,这只**小狗**——好到可以**吃**了。

随着这个游戏的继续,人群和兴奋的火焰都在围观(两方都有自己喝倒彩和鼓掌的方式),那条狗似乎对这只小狗有了什么别的想法,从它变形的下腹部突出来的巨大延伸物,从它得了疟疾一样的双眼和暴风一样喘着的粗气可以判断。现在这只小狗走到了几码远的地方,懒洋洋地躺在地上,举起四只爪子,那个红球明显毫不在意地被丢在了他身旁。那条狗愚蠢地感到自己有了机会。它朝前移动着,纵跳着跑了起来,越跑越快,直到确定自己可以成功的时候(不过它的脸上表现出对自己像炮弹一样大胆的紧张),它重重地腾空跃起。当然球和小狗都不见了——那条狗是如此干脆又慌乱地落到了燎得滚烫的石头上,甚至连人群都暂时倒吸一口气安静了下来,好奇那条狗是死了还是受伤了,好奇等它醒过来会爆发出怎样的愤怒……好几秒过去了,它的身体一动不动。小狗用哀怨的眼神快快地瞥了一下安德洛墨达,然后靠近了那条狗毒气四溢、蒸气腾腾的残骸。所有人都屏息看着小狗闻了闻,叫了几声,还朝那条狗张开的嘴伸出了一只爪子。他在越来越响亮的呢喃声中用鼻头拱来拱去。现在这只小狗甚至还翘起了一条后腿,看来正准备……然而,是安德洛墨达及时警告了他。虽然他尖叫着往后一纵，那条狗的爪子还是完成了任务，在小狗粉红的肚子上划出了血色的闪光。

那条狗也在玩：玩装死。但它不准备再玩下去了。身躯巨大的它用四条、用两条腿站了起来，身躯巨大的它晃动着它的嗜血愤怒。现在追逐开始了，来真的了，那条大狗追着这只小狗蹿，跑的圈越来越小，急转弯折，朝这边转、那边转，这边，那边。有那么一瞬间这只小狗仿佛比空气还灵动，灵活得不真实，亚原子运动一般，仿佛超越了光速，化成了一团自旋和粲数[1]，而那条狗则像一头沿着轨道冲撞的公牛，全是动量和质量，也永远受制于这两者的法则。这样维持不了多久了。这只小狗一直在跌跟头，因为小狗就是容易跌跟头，在地上留下斑斑血迹，而且每次他拼命转弯的时候看起来都更虚弱也更弱小，而那条大狗就像充满了整个空间，似乎塞满了整个地狱还不够……最后这只小狗引着那条大狗绕了个大圈跑到了镰刀状火焰的尽头。他们冲了出来，更大的那只追逐着更小的那只，近了，近了。"转呀。"人群说。"转呀。"安德洛墨达说，就在他们一闪而过时。这只小狗现在已经能感觉到那条大狗火热的呼吸喷在他屁股上了，仿佛是燃烧的唾液和牙龈组成的本生灯，可他还是跌撞着蹦跳着跑了下去，仿佛只是被他奔跑的疯狂节奏推动着向前。他们一起飞快地靠近大张的火焰之口，两

---

[1] 量子物理术语，此处在形容小狗速度快得如同亚原子粒子一般。

条狗几乎跑成了一条狗,这只小狗的尾巴搔着那条大狗喷着白沫的鼻头,那条狗的嘴也大张着,准备好了咬下制住小狗的第一口。转,转——

"转呀。"安德洛墨达说。

可这只小狗并没有转。随着一声恐惧和胜利的号叫,他纵身高高跳进了火焰中——而那条大狗,就像一枚盲目导弹,靠红外制导的,像一件唾沫和血液制成的武器,只能紧随其后。

于是最后火焰可以安定地享用美餐了。它们是多么激动地享用了那条狗啊。多么惊人的咳嗽和干呕,多么吓人的呕吐和咳痰声,多么恐怖的蒸汽与气体的爆发和破裂声,多么罕见的饱嗝和呕吐——还有那些火焰舞出的跃动火柱和闪光,还有像脑波扫描一样的脉冲,直到它们放松平静下来,又开始了呼吸。

等汤姆把她解下来之后,安德洛墨达推开他,沿着整道镰刀形的火池一边走到了头。她发现了这只小狗还在冒烟的身体,肚皮朝上,就在火焰之口的另一侧,她跪下来把他揽进自己怀中。那些火焰没想要吞吃他;它们只想要载着他送他安全地抵达另一侧。这时这只小狗咳了咳,抽搐了一下,抬头冲着她最后一次眨了眨眼。是的,这只小狗的乐声正在消散。这只小狗不能再坚持下去了,不能再用小狗的形态了——这条烧焦的尾巴,柔软的肚子上的血迹,还有现在已经松软无力的可怜爪子，都不再有生命了。安德洛墨达抬头向上看。村子里的人沿着蜿蜒的小路站成一排，一片静默。但随着她的悲恸开始，他们也开始哭泣，开始哀号，直到这些哀声被火焰载上了天，一直飘到羊毛般的云朵中。

那天夜深时，安德洛墨达还没有入睡，她滚烫的脸埋进了湿透的枕头里。她想的，当然都是那只小狗杰克啊杰克。她把他的小身体抱到了木柱下，放在一条白色的围巾上。村里人都向他下跪致敬，咒骂自己竟然曾经嘲讽或怀疑这只小狗，简直是耻辱，这只可能的小狗。人们感到了哀伤也感到了欢喜，还感到了耻辱。明天这只小狗将会停尸一日供村里人赎罪。然后安德洛墨达会把他埋葬在村外，在山那边——埋在那条湍急的溪流旁。但是那道火焰之镰将会成为一个神圣之地，每一个经过那里的人永远都会想到那只小狗。现在他已经从生活里消失了，她对自己说。没有了他生活又是什么样的呢？要是他能喝光我所有的眼泪就好了，她喃喃自语道；要是他能把眼泪都舔干就好了。她想起了他最后一次朝她露出笑容的脸——如此温柔，满是亲密的宽容。无限亲密，也因为秘密而发亮。

然后她听到了窗户上传来的轻轻敲击声，耐心而又遥远。她从床上爬起来朝外看去。一切都陷入了黑暗和哀悼中。安德洛墨达用一条大披肩裹住自己快步走进走廊。她打开门说：

"杰克啊杰克？"

这个男孩就站在那里，背后是一片旋转的星空，他的身上还留着爪子和火焰的印记。她伸手去触碰了他人类眼中的泪水。

"约翰。"她说。

他的双臂是强壮而善战的，他转过身去带着她走进了凉爽的夜里。他们一起站在山头，俯瞰着他们的新世界。

永生之人

这还真是个不得了的未来。很快人就要都没了,而我将永远孤独下去。周围的人情况很糟糕,因为太阳辐射,免疫问题,只能吃耗子和蟑螂,等等问题。他们是最后的人;但他们撑不到最后了(不过**他们**自己可不这么想)。他们又来了,摇摇晃晃地走出来看地狱般的落日。他们都得了病,都耽于幻想。他们都相信自己是……不过别管这些可怜虫了。现在我可以放心说出我的秘密了。

我就是那个永生之人。

我活过的时间已经长得吓人了。如果时间就是金钱,那么我就是最后一个可以大把花钱的人。你知道吗?当你活得像我一样久,昼夜交替的节律,24小时的数字,真的会让你抑郁的。我试图用更宏大的节律安排生活。我也成功过不少次。有次我一连七年都没睡觉。连打盹儿都没有。嚯,给我累的。而另外一次,就是我在蒙古生病那次,我昏睡了整整十年。有次实在是无聊,我在撒哈拉沙漠的一个绿洲里闲得脚跟都在地上敲出洞来了，整整十八个月我都在抠鼻孔。还有一次——等四下无人的时候——我自己撩拨自己打飞机打了整整一夏天。就连那些永不变化的鳄鱼都羡慕我在超脱时间、在遍布时光痕迹的河流里泡的长澡。老实说，我也没有什么别的可干。但最后我还是停止了这些实验，老实地遵从了日夜的穿梭往复。我好像需要睡觉。我好像需要做那些别人也需要做的事情。剪指甲。上厕所。刮脸。剪头发。有这么多**干扰**。难怪我一直什么都做不成。

　　我生在，或者说我出现在或者现身在或者被传送到了非洲乌干达的坎帕拉城附近。当然，那时候还没有坎帕拉，也没有乌干达。仔细想想，也没有非洲，因为那时所有的大陆还是连成一块的（我直到 20 世纪才弄明白了很多事情）。我猜我肯定是个失去法力的神之类的；也可能我来自另一个星球，那里时间的流速完全不同。反正我从来没做成过什么。我的一生虽然漫长，但是大部分时间都是胡混过去的。我得驻足等上好久好久才能等到人类出现和我一起消磨时间。整个世界还在冷却。我在地质时代里苦等，等待生命的出现。我过去老对着那些温暖的小水塘唱摇篮曲，那是来自宇宙的生命开始成长的地方。没错，我就在那里，从起跑线开始就给你们鼓劲。因为我本性是喜欢热闹的，也因为我觉得孤独得难受。而且还饿。

　　然后植物出现了，那是个不错的变化，然后某些原始动物出现了。过了一段时间我发现了它们，然后就改吃肉了。有一部分也是出于自卫,我变成了一个强大的猎手(这不是出于生存的需要,可没有人喜欢一直被嗅来嗅去、抓来抓去、啃来啃去)。没有一种他们能想出来的动物是我杀不了的。我也养了宠物。那是种健康的户外生活,我猜,但不是太有意思。我渴望……渴望有来有往的交流。如果我觉得二叠纪糟透了,那只是因为我还没有经历过三叠纪。我都没法告诉你那有多无聊。然后,在我意识到之前——这大约是在公元前六百万年的时候——第一个(非正式的)冰川期到来了,于是我们就又得重新开始,几乎就是从头再来。冰川期,我得承认,是对我士气的一次重击。你能察觉到冰川期的降临:会有场宇宙灯光秀,然后,多数时候,巨多的恐怖撞击;然后是尘土飞扬,美丽的日落;然后是黑暗。它们来得非常规律,每七万年一次,准点发作。你都可以靠它们来对表。第一次冰川期干掉了恐龙,理论上是这么说的。我知道不是。它们本可以撑过去的,如果它们勒紧裤腰带理智地行动。热带地区有点闷热阴沉,没错,可还是可以生存的。不,那些恐龙就是活该:一群混蛋。那些迷失世界冒险电影里的恐龙拍得像极了。笨得不可思议,暴躁得不可思议——也大得不可思议。还总是在打来打去。整个世界就跟个捕鲸码头一样。那时候我已经有火了,当然,所以我吃得很好。天天晚上都吃汉堡肉。

要我说,第一批猿人都是些大蠢货。见到他们我倒也开心,或多或少吧,但大多数时候他们就会惹人烦。那么久的进化——就为了这？等他们多少能像点样的时候不知道是猴年马月了，可就算到了那时候他们还是贪心多疑得吓人。我的小房子，我的皮毛衣服，我刮干净的脸子，还有我的烧烤，我明显和他们不一样。偶尔我会成为憎恨或者崇拜的对象。但即使那些友善的猿人对我也没啥用。**喔。咦。啊**。你说这算什么对话？等到最后他们终于进步了，我也交了几个朋友，而且开始和女人有来往的时候，一个可怕的发现出现了。我以为他们会不一样，可他们没有。他们都变老然后死了，就和我的宠物一样。

就像现在他们正在死去一样。在我周围他们都在死去。

一开始，在这附近，我们还很高兴世界又开始变暖了。我们还很高兴一切又开始亮起来了。冬天永远都是难熬的；但核冬天尤其严酷。就算是我也会厌倦一连十三年的长夜（而新西兰，我发现，就算在最好的时候也挺无聊的）。有那么一阵子，日光浴就是最劲的风潮。但事情很快又朝另一方向走到了极端。世界变得越来越热——或者说热的性质发生了变化。它照在身上的感觉不像阳光了。感觉更像气体或者液体：感觉像雨一样，非常稀薄，非常烫。房子似乎也不能阻挡多少热度，连有屋顶的房子都不行。人都不再是太阳崇拜者了，都改行当了月亮崇拜者。生活变成了夜生活。他们还挺乐呵的，考虑到他们为别人而不是为自己感到更难过。我猜幸好他们不知道照下来的热真正是什么。[1]

这些短命的凡人，我为他们哀悼。他们拿那个在天空正中融化的怪物一点办法都没有。他们面对了愤怒，然后又面对了严寒；而现在他们又在被核轰炸了。现在他们在被再次核轰炸，双份核轰炸——来自太阳那个缓慢的核反应堆。

世界末日发生在公元 2045 年。当我确定末日要来的时候，我径直跑去了毁灭要发动的地方：东京。我要先坦白我已经差不多准备好闪人了。倒不是我有严重的抑郁还是什么。我那时肯定没有现在抑郁。其实那时我刚从一场五年的宿醉里醒过来，对我来说，未来看起来一片光明。但当时地球的情况一团糟，我再也不想忍受这一切了。我想撤了。别的什么都没能杀死我，于是我想直接挨一枚核弹应该是我唯一的机会了。我是无穷无尽的——从时间上说——但核弹也是：从威力上说。如果核弹都不能把我吹没了（我对自己说），好吧，那什么都做不到了。我就只有一个强烈的不安。当时流行的投送方式是十万吨当量级核弹的地毯式起爆。要我说我更想要威力大点的家伙，比如说最少一百万吨当量的。我错过那个机会了。我应该在大气层核试验年代抓紧机会的。

---

[1] 此处意思是正常的日光已变成超强的热辐射，这些照射过日光浴的人等于都暴露在高强辐射里，但是他们自己不知道。

我在世纪酒店租了个顶楼的房间，在东京塔附近，绝对是市区正中。我想要核弹正掉在我脸上。酒店里的人似乎都很高兴还有我这么个客人。生意绝对说不上好。人人都知道一切会从这里结束：一个世纪以前就是从这里结束的。再说此时全世界各地的城市都奄奄一息了……我赌它会在空中起爆，在夜里。我贿赂了管这一楼的保安，他让我去了楼顶：最后的露营。整座城市在死亡的恐惧中抽搐。而我，我在死亡的希望中抽搐。如果这听起来太自私，好吧，那我道歉。可向谁道歉呢？当我听到空袭警报还有空气的啸叫时，我一跃而起站在那里，赤裸，踮起脚尖，伸开双臂。然后它来了，就像有人撕开了宇宙一样。

首先，我肯定瞬间就暴露在大量的辐射中了，这后来让我得了好一阵头痛。当时我觉得自己是在被狄奥尼索斯挠痒痒挠到要死。同时我也被电磁脉冲和热辐射冲击。电磁脉冲没什么好担心的。相信我，它是你最不需要担心的东西。但热辐射就完全不是开玩笑的了。那是可以把人烧成墙上的一道黑影的温度。就连我也被烤瘪了一点。尽管我现在可以拿它开玩笑（没多烫，妈妈；嚯，可真是热死人了），当时情况还是相当惊恐的。我无法呼吸而且还晕了过去——这又是个第一次：我没死成，但至少我晕过去了。还晕了很久，因为等我醒来的时候一切都结束了。我直接把爆炸、火焰和那整场死亡台风给睡过去了。生理上我感觉很棒，生理上，我就像他们说的，状态极佳。我的宿醉彻底治好了。但在其他各种层面上，我都感觉无比低落。是的，我绝对是抑郁了。我还在抑郁。嗨，我表现出一副快乐的样子，我装出一副勇敢的样子；但我常常觉得这场抑郁是永远不会有尽头的——会一直陪伴我到时间的尽头。我想不出有什么真能让我高兴起来的事情。很快人类就会都没了，而我会永远孤独下去。

他们是沙人、土人、尘土造的人。当然，我喜欢他们，可他们不是什么好伴侣。他们病得很厉害，疯得也很厉害。随着他们越来越衰弱，随着他们越低落越消沉，他们似乎生出了对自己越来越大的幻觉。让我悄悄告诉你，我不觉得太热。我看起来很棒，我看起来和过去的我一样；但肯定过去的我感觉更好。我和疾病的关系，顺便说一下，是这样的：我得病，然后会痛，会有别的一切症状，可疾病从来都要不了我的命。要不是疾病不理我，要不就是我适应了。给你个比较近的例子，我已经得了七十三年艾滋病了。好像就是没办法甩掉它。

还有一个小时就天亮了，群星依旧闪耀着，发出它们新的、刺眼的光芒。现在人类都进屋里了。有些人会进入颤抖的梦乡。其他人会围在被污染的井边，说一整天屁话。我要在外面多逗留一会儿，一个人，在天空永恒的日历之下。

古典时代非常有趣（我觉得我在这里好像跳过了很长的时

间，不过你们没错过多少）。我是在卡里古拉时代[1]的罗马发现我有酗酒问题的。我开始在中东待得越来越久，那里总有事情要发生。我琢磨透了经济大势，成了个生意兴隆的地中海贸易商。对我来说，来往印度的长途不算什么。我混得不错但不是特别成功，等到了10世纪的时候，我就又在中欧出现了。现在回头去看那似乎是个错误。知道我最喜欢的是哪个时代吗？没错：文艺复兴。你们真的表现得棒极了。说真的，你们吓到我了。我刚刚一路打着呵欠挨过了五百年的疾病、宗教和屁才华都没有的时代。食物糟糕透了。没人好看。艺术和手工艺都稀烂。然后——嘭！瞬间就如此繁盛。我还在奥斯陆，当我听说正在发生什么的时候。我抛下一切搭上了下一趟去意大利的船，生怕错过了。啊，那里简直是天堂。那些家伙，他们在墙上屋顶上或者别的哪里画上画的时候——那才叫画。在那里我们就**生活**在一幅杰作里。但同时，这一切又有种不祥的预感，在我看来。我能看出来你们，的的确确，什么都能做……文艺复兴之后我又得到了什么呢？理性主义和工业革命。增长，进步，一整场石油化工的狂奔。就在我以为不可能有哪个世纪比19世纪更蠢的时候，20世纪来了。我发誓，整个星球上好像都在上演比谁更蠢的戏码。那时我就知道人类的故事会怎么结束了。任何人都知道。只有一种结局。

---

[1] 罗马帝国第三任皇帝，著名的暴君。

我自从中世纪就开始试着自杀了。我总是从山头或者别的什么上跳下来。用巨石压死自己之类的。它们从来都不成功。老天，我都不想去算我到底被雷劈过多少次，每次都能活下来把它当故事讲（有次一颗流星正砸在我脸上，我费了好大劲才从下面爬出来，后来整个下午都觉得不对劲）。更别说我还打过无数场战争。有好几千年我都热爱当兵——你能去看世界——但在15世纪开头的时候我就有点提不起劲了。我，和亚历山大，和伟大的可汗们一起打过仗的我，突然发现自己身处一小堆令人作呕的流浪汉之中；对面是另一小堆令人作呕的流浪汉。那是在阿金库尔[1]。等到了帕斯尚尔[2]，战争和我的缘分就到头了。所有的临场应变——所有的本事和机变——似乎都从战争中消失了。它就只剩下了死亡，简单粗暴的死亡。而我在核战区的经历也不能让我重拾和战争的浪漫……你要注意，我在慢慢对一切失去兴趣。总的来说，我在变得更孤僻更神经质。当然，还有酒。其实20世纪过到一半的时候我的酗酒就完全不受控制了。我开始暴饮度日整整过了九十五年。从1945年到2039年——我醉得一塌糊涂。一个都市游民，我靠贩卖自己的过去，靠贩卖历史为生：腓尼基的小玩意、西伯

---

1 法国地名，英法百年战争期间，1415年10月25日，英王亨利五世在此以少胜多击败了法国大军。

2 比利时地名，第一次世界大战期间在此爆发大战，前后有近五十万人丧命。

来卷轴、战利品——有些值一大笔钱。我完全没有个人样。我完全失去了自尊。我就像那个发疯的乘客，在出了故障的飞机上，用瓶喝着免税店买的酒，试图要进入一切都无所谓的状态。这似乎也是整个世界都在干的事。而你是找不到这样的状态的。因为它不存在。因为事情还是有所谓的。即使在这里。

东京在遭受核攻击之后可不好看。像一个油腻腻的黑蛋糕上镶着火焰纹。我的生活里塞满了死亡——死亡就是我的生活——但这可是件新鲜事。一切都消失了。什么都不会发生了。唯一的光线和响动来自某个噼啪冒烟的小卫星和私自行动的潜艇发射的等离子束和小核弹。它们在**干什么**，我问自己，把这个坟地炸开花干什么？别问我是怎么一路南下到了新西兰的。那是个很长的故事。那是段很长的旅途。在过去，当然，我可以走完全程。我没有任何计划。我真的只是跟随着生命的迹象走下去而已。

我划筏子到了大陆，而那里也什么都没有。一切都死了（公平来说，很多东西在此之前就完了）。时不时地，在我摸索着南下的时候，我会看到一块地衣，或者一朵畸形的蘑菇，后来还有一条腿的蟑螂或者没有眼睛的耗子之类的，这些东西能让我的情绪好转一阵。足足过了十八个月我才碰到了能称得上是人的人——一直到了泰国的时候。一个被海岸丘陵突出的山尖和反常的风向（那个时候反常的风向就是唯一的风向了）保护了的小渔村。那些人状态很糟糕，但他们还在从海里捞起各种奇形怪状的东西——你不会管那些东西叫鱼的。我求他们给我条船但他们不愿意，这可以理解。我不愿意为此争执，所以我就等在附近直到他们都死了为止。那没花多久。我大概等了四年，如果我没有记错的话。然后我把东西装上船，把船推下海，根本不管风到底会把我吹到哪里。我只是把船推下了垂死的海洋，希望可以找到生命。

而我也真的找到了，多少算是吧，我在这里和原住民生活在一起。最后的人。我最好充分享受这些人，因为他们是最后剩下的人类了。我为他们的逝去而哀悼。渴望其他人，渴望其他人存在到底是为什么呢？

有一次，我发现自己身处古代中国，坐拥成堆的现钱以及一整个世纪可以消磨，我就买了一头小象把她从小一直养到老死。我给她起名叫芭芭拉雅。她活了一百一十三岁，我们有的是时间来熟悉彼此。她活泼地甩头的样子。她奇怪的身形：那么大一堆，结果还没屁股（她从背后看起来就像个力工，半个身子趴在都柏林酒吧的吧台上）。芭芭拉雅——我唯一关心过的女人……不对，这不是真的。我不知道我为什么会这么说。但稳定关系一直是件让我觉得棘手的事，我也倾向于躲着它走。我只结过八百或者九百次婚——我不是那种会计数的人——我也不觉得我的后代会有四位数那么多。我也当过同性恋。不过我肯定你能看出来问题出在哪里。我习惯了看着山峦向天空抬升，习惯了看着三角洲堆成。当他们说大西洋还是别的什么每个世纪会下沉半英寸时：我会注意到这样的事情。比如说，我和某个小甜心搞在一起了。我一眨眼——结果她就成了个老巫婆。当我还困在自己完美的正午时光的时候，时间却似乎在每个人身上划满了痕迹，就在我眼前：他们会缩小，肿大，散架。我没有那么介意此事，女人们却完全受不了。我让那些娘们儿发疯。"我们都在一起二十年了，"她们会说，"为什么我看起来像坨屎而你不是？"再说了，在任何一个地方待太久都不是什么明智的事。二十年已经是在冒险了。而我的确冒过险，很多很多次，为了孩子们。除此之外我都是逢场作戏了。你觉得一夜情让人空虚？想想看我会怎么觉得。对我来说，二十年都是一场一夜情。不，甚至都算不上。对我来说二十年就是膝盖一抖的事……况且还有让人难受的复杂情况。比如说，我有次见到过我的一个孙女，一边咳嗽一边一瘸一拐地走在耶路撒冷旧城里。我认出她是因为她认出了我；她尖叫了一声，伸出一根手指，上面戴着她小时候我给她的戒指。而现在她又重新变小了。我很遗憾地承认，在最开始的时候我经常乱伦。那个时候就没法不乱伦。不光是我，人人都那么干。我失去亲人的次数足足有一百万次，然后又再来了一百万次。我经历过怎样的痛苦啊，上百万吨当量的痛苦啊。我想念他们所有人——我是多么地想念他们。我想念我的芭芭拉雅。但你肯定能明白，不论和谁在一起，这个关系肯定多少有点紧张（会有矛盾的），当一方是会死去的凡人而另一方不是的时候。

我唯一熟悉的名人是本·琼森[1]，在文艺复兴的伦敦，在我从意大利回来之后。本和我是酒友。他喝多的时候非常聒噪，有时也会哭哭啼啼；当然不用说莎士比亚的一切都让他非常忧郁。本常常会流着泪看完那个家伙的整出戏。我见过一两次莎士比亚，在街上。我们从来没有打过交道，但我们的视线相遇过。我一直觉得他和我也许可能会成为好朋友。我觉得莎士比亚很厉害。我打赌我可以给他提供点不错的素材。

很快人类就要全部消失了，而我要永远孤独下去。就连莎士比亚也会消失——或者也不全是，因为他的诗行还会活在我这颗糟脑袋里。我会有回忆和我作伴。我会有梦境和我作伴。只是不会有任何人来和我作伴。没错，我在人类诞生之前就度过了那么多孤寂的岁月，所以我习惯了孤独。可这次不一样，无法再期盼孤独的尽头会有人了。

现在也说不上什么气候了。白天就是一张火焰面具——而我一直觉得夜晚的天空有点单调。过去，在最开始的孤寂岁月里，那时候还有宠物，还有植物，还可以在自然中漫步。哦，

---

[1] 本·琼森（1572—1637），英国诗人、剧作家和评论家，一般认为是仅次于莎士比亚的英国剧作家。

现在没有什么好漫步的了。我**看到了**你们对这个地方做了什么。到底出了什么问题？你觉得它**好**过了头还是怎么回事？耶稣基督，你就在这里生存了大概十分钟。看看你都干了什么。

围在被污染的水井旁，人们打着呵欠嘟嘟囔囔地说话。他们是最后的人了。他们试过生孩子——我也试过生孩子——可都不成功。挨到足月的婴儿看起来一点都不对，而且他们好像也没有任何免疫能力。实际上哪里都没有多少免疫力了。人人都免疫低下。

他们是最后的人而且还是疯子。他们陷入了集体幻觉之中。真的，这简直是最疯狂的事了。他们都相信自己是……是长生不死的，是永生之人。他们可不是从我这里学到这个想法的。我把嘴闭得严严的，一直都是，出于长期的习惯。我一直都很谨慎。我不是那些井边的无聊家伙之一，不停地吹嘘他们和图坦卡门关系有多铁，还搞过示巴女王或者玛丽·安托瓦内特[1]。他们以为自己可以永远活下去。这些可怜虫，如果他们能知道真相的话……

我也有幻觉，有的时候。有的时候我非常奇怪地觉得我就是个二流的新西兰学校老师，一个从来没做过大事也没去过任何地方的人，现在正在和其他所有人一起非常痛苦地、叫嚷

---

[1] 图坦卡门（前1341—前1323），古埃及法老；示巴女王是《圣经》中记载的非洲东部示巴国的女王，她仰慕所罗门王主动向他求亲；玛丽·安托瓦内特（1755—1793），法国国王路易十六的王后，在大革命中被处死。

不休地因为太阳辐射而死去。这简直太奇怪了，它是如此真实，这个虚假的过去，还如此有人性：我觉得我几乎可以伸手摸到它。我是爱在教员休息室里讲笑话的人，会说俏皮话，说不时髦的俚语，所有挖苦人的话。还有个女人和孩子。只有一个女人，只有一个孩子……但是我很快就从幻梦中清醒了。我很快就让自己振作了。我很快就面对了我的悲剧事实，这一切对我来说是不会终结的，哪怕是在太阳都死去之后（至少那会出现很壮观的景象）。我是永生之人。我——我是永生之人。

最近我开始白天也待在户外了。嗨，管他妈的。而且我注意到，人类也在这么干。我们号哭舞蹈晃动自己的脑袋。我们因为癌症噼啪作响，我们因为协同效应嘶嘶作响，头顶是狂怒的没有飞鸟的天空。我们胆怯地偷窥一眼充满整个天空的标靶一样的太阳。当然我是可以承受的，可这对人类来说是自杀。等一等，我想说。还没到时候。小心——你们会伤到自己的。求你们了。求你们努力再多待一会儿。

很快你们都会不在了，而我要永远地孤独下去。

我……我是永生之人。

短经典精选系列

走在蓝色的田野上
〔爱尔兰〕克莱尔·吉根 著 马爱农 译

爱，始于冬季
〔英〕西蒙·范·布伊 著 刘文韵 译

爱情半夜餐
〔法〕米歇尔·图尼埃 著 姚梦颖 译

隐秘的幸福
〔巴西〕克拉丽丝·李斯佩克朵 著 闵雪飞 译

雨后
〔爱尔兰〕威廉·特雷弗 著 管舒宁 译

闯入者
〔日〕安部公房 著 伏怡琳 译

星期天
〔法〕伊莱娜·内米洛夫斯基 著 黄荭 译

二十一个故事
〔英〕格雷厄姆·格林 著 李晨 张颖 译

我们飞
〔瑞士〕彼得·施塔姆 著 苏晓琴 译

时光匆匆老去
〔意〕安东尼奥·塔布齐 著 沈萼梅 译

不中用的狗
〔德〕海因里希·伯尔 著 刁承俊 译

俄罗斯套娃
〔阿根廷〕比奥伊·卡萨雷斯 著 魏然 译

避暑
〔智利〕何塞·多诺索 著 赵德明 译

四先生
〔葡〕贡萨洛·曼努埃尔·塔瓦雷斯 著 金文彪 译

房间里的阿尔及尔女人
〔阿尔及利亚〕阿西娅·吉巴尔 著 黄旭颖 译

拳头
〔意〕彼得罗·格罗西 著 陈英 译

烧船
〔日〕宫本辉 著 信誉 译

吃鸟的女孩
〔阿根廷〕萨曼塔·施维伯林 著 姚云青 译

幻之光
〔日〕宫本辉 著 林青华 译

家庭纽带
〔巴西〕克拉丽丝·李斯佩克朵 著 闵雪飞 译

绕颈之物
〔尼日利亚〕奇玛曼达·恩戈兹·阿迪契 著 文敏 译

迷宫
〔俄罗斯〕柳德米拉·彼得鲁舍夫斯卡娅 著 路雪莹 译

奇山飘香
〔美〕罗伯特·奥伦·巴特勒 著 胡向华 译

大象
〔波兰〕斯瓦沃米尔·姆罗热克 著 茅银辉 易丽君 译

诗人继续沉默
〔以色列〕亚伯拉罕·耶霍舒亚 著 张洪凌 汪晓涛 译

狂野之夜：关于爱伦·坡、狄金森、马克·吐温、詹姆斯和海明威最后时日的故事（修订本）
〔美〕乔伊斯·卡罗尔·欧茨 著 樊维娜 译

父亲的眼泪
〔美〕约翰·厄普代克 著 陈新宇 译

回忆，扑克牌
〔日〕向田邦子 著 姚东敏 译

摸彩
〔美〕雪莉·杰克逊 著 孙仲旭 译

山区光棍
〔爱尔兰〕威廉·特雷弗 著 马爱农 译

格来利斯的遗产
〔爱尔兰〕威廉·特雷弗 著 杨凌峰 译

终场故事集
〔爱尔兰〕威廉·特雷弗 著 杨凌峰 译

令人反感的幸福
〔阿根廷〕吉列尔莫·马丁内斯 著 施杰 译

炽焰燃烧
〔美〕罗恩·拉什 著 姚人杰 译

美好的事物无法久存
〔美〕罗恩·拉什 著 周嘉宁 译

魔桶
〔美〕伯纳德·马拉默德 著 吕俊 译

当我们不再理解世界
〔智利〕本哈明·拉巴图特 著 施杰 译

海米的公牛
〔美〕拉尔夫·艾里森 著 张军 译

对不起,我在找陌生人
〔英〕缪丽尔·斯帕克 著 李静 译

爱因斯坦的怪兽
〔英〕马丁·艾米斯 著 肖一之 译